东晋十六国史诗

张 况◎著

南方传媒 花城出版社

中国·广州

图书在版编目（ＣＩＰ）数据

东晋十六国史诗 / 张况著. -- 广州 ： 花城出版社，
2025.1
2021-2022年度佛山市文联重点文学工程
ISBN 978-7-5749-0218-3

Ⅰ．①东… Ⅱ．①张… Ⅲ．①诗集－中国－当代
Ⅳ．①I227

中国国家版本馆CIP数据核字（2024）第071632号

出 版 人：张　懿
责任编辑：李　谓　安　然
责任校对：李道学
技术编辑：林佳莹
封面设计：林　希

书　　名	东晋十六国史诗
	DONGJIN SHILIUGUO SHISHI
出版发行	花城出版社
	（广州市环市东路水荫路 11 号）
经　　销	全国新华书店
印　　刷	佛山市迎高彩印有限公司
	（佛山市顺德区陈村镇广隆工业区兴业七路 9 号）
开　　本	880 毫米 × 1230 毫米　32 开
印　　张	7.375　1 插页
字　　数	170,000 字
版　　次	2025 年 1 月第 1 版　2025 年 1 月第 1 次印刷
定　　价	48.00 元

如发现印装质量问题，请直接与印刷厂联系调换。
购书热线：020-37604658　37602954
花城出版社网站：http://www.fcph.com.cn

目录

序一　诗坛又听大风歌　叶延滨　　　　　　　　　　1

序二　张况史诗的精神价值与取向　李　犁　　　　　6

序三　诗歌写作中的文化自觉　白　烨　　　　　　14

第一章　龟裂的天空终将覆盖对峙的群山　　　　　17

第二章　朱唇在宫腔再造中接种早衰基因　　　　　28

第三章　刻意撑伞为王马共天下无奈遮阴　　　　　39

第四章　被露珠钦点的圣意在复制中重生　　　　　49

第五章　厮杀与喧嚣躲在夕照里拒绝苦厄　　　　　61

第六章　五胡十六国是历史孕育的葡萄胎　　　　　71

第七章　彼时的英雄都不是一盏省油的灯　　　　　81

第八章　偏安江南的鼻孔像淤堵的下水道　　　　　99

第九章　谢氏清淤队是王权忠实的守望者　　108

第十章　柔媚之河衍生出改朝换代的匕首　　116

第十一章　撬动历史之人同时兼任支点角色　　124

第十二章　风光谥号站在死神面前觳觫不已　　132

第十三章　异域兵马悄然磨砺一把野心杀器　　142

第十四章　叛逆是卡在历史喉管的一根倒刺　　151

第十五章　以雄性线条致敬伟大的中国方块　　161

第十六章　在薄情寡义的册页上优雅地活着　　174

第十七章　为时间开衩的病历锚定绝版疗效　　183

第十八章　北风吹散国祚后迎来民族大融合　　189

附录：

张况史诗表现的才华、激情与使命　杨光治　　196

《中华史诗》："相斫书"的诗意书写　刘荒田　　200

通过证明历史来证明自己　洪烛　　206

《中华史诗》与张况的胆识才学　陆健　　213

史诗·诗史，诗歌·诗学　姚朝文　　218

诗坛又听大风歌

叶延滨

广东出才子，我曾在读到诗人张况的新古典主义诗作后感慨。

诗人张况，年少气盛、特立独行、以才交友、风流倜傥，朋友间相处，总是以笑脸回答各种难题，是个心里装得下事的诗人。

这些年，张况的新古典主义作品《三国史诗》《大隋帝国史诗》《大唐帝国史诗》，还有写历史文化、历史人物和事件的系列作品，都在诗坛引起好评。我认为，这是一个才子从胸中溢出的酒墨，有文气，也有酒香。

广东省作家协会算是慧眼识君，前年到北京召开了规模宏大的"广东新实力"推介会，被推出的广东精英中，唯一的诗人就是张况。正是这个会议之后，我才知道张况还有更大的"野心"，他要完成一部10万行近200万字的《中华史诗》！

诗坛上有野心的人不少，吹破牛皮最后显出江郎才尽的悲催人物更多。因此，我曾对张况的这个"巨大野心"抱有保留态度。但佛山这个地方真是灵秀之地，张况在这里以书法、文章和美酒打发寻常百姓小吏岁月的同时，以18年的坚韧，呕心沥血完成了10万行的《中华史诗》，此巨著史诗分21卷，上溯远古神话，下至最后一个封建王朝大清。他不是用韵文来重写历史，而是用抒写中国《荷马史诗》的"野心"，以《史记》作者司马迁为高标榜样，让自己的灵魂重游中华历史长河，重新复盘重大事件，再次与那些叱咤风云的中华精英与枭雄相逢，与他们唱和呼应，也与他们交锋评说，张况以诗人的灵感"让沉默的石头开口说话"，以诗人的激情唤醒"一条河与一条江的呐喊"，摆在我们面前的这10万行长诗，就像一个巨大的军团，矗立在那里！我感到，这18年的漫长岁月对于张况来说，是一场持久的征战，他重新经历开拓与征伐，经历阴谋与政变，经历梦想与毁灭，经历涅槃与新生，与历史同在，与一个伟大的民族同行，10万行长诗是张况的中华文化长卷，可歌可泣，无论如何，这是值得举手致敬的中华文明的纪念碑式的作品！

《中华史诗》篇幅宏大，诗人用10万行长诗，重新书写了中华民族伟大而自豪的历史，而这"长征"式的神曲，自始至终都由诗人张况亲自引领着读者去看、去想、去重新解读："秦：铁腕版图或跋扈文化大一统""西汉：龙行虎步的帝国荣光""东汉：洋葱头帝国虚弱的内核""三国：螳螂捕蝉，黄雀在后的花鸟册页"……读到这样的朝代描绘，读者能感受到张况胸中的另外一派一统江山的绚丽斑斓风貌。首先，这部长诗所显示的史诗风格是中国的、是当代的，更是张况的："酒足饭饱的始皇嬴政/业余喜欢带上大小随从/以公费旅游的考察方式/到新张帝国的各地巡游/他极为铺张的烧钱行为/迷失了乱花公款的持守/阳光下兑水的官方数据/被娱乐化的结晶封死/泰山邹峄山和梁父山上/留下了他们时尚的脚印/泾水渭水黄河和洛水中/漂浮着他们虚胖的足音/到这样的风景名胜踏青/权当是下午茶后的散步//面对这满目大好河山/始皇帝抑制不住激动/他喜欢到处题字勒石/好将霸业统一的威名/嵌进世人挑剔的眼帘……"我抄下这样的章节，读者会感受到"中国的、当代的、张况的"史诗风格。这种风格一是"中国的"：张况在文坛西风东渐的大气候中，坚持新古典主义写作，让他有了定力，这个定力就是他认定自己的写作使命是承续中华文脉；这种风格二是"当代的"：张况以当代精神和当代视野，重新审视和解读历史，因此在浩如烟海的描绘中华历史的作品中，能够有新的坐标和地基；这种风格三是"张况的"：在当下的中国诗坛，尽管张况的作品，不是最先锋，也不算最精致，但张况的诗，自新古典主义以来，其笔下的宏大气势、万千气象、纵横恣肆、心驰神往，很难找到与之相似的诗风。10万行长诗不可能处处花团锦簇，也有可以挑剔甚至争议商榷之处，这是圣贤也难以避免之事。我向读者力荐张况这部长诗巨制，是因为这部长诗确实能担当"史诗"这个称谓，会引领读者重新审视和关注我们从何处来，又是怎样在复兴与衰落的波峰浪谷间走过来的。

《中华史诗》以历史为经纬，编织出一幅幅气象不凡、风起云涌的奇绝画卷。同时，又是一部中华文明的大百科全书式的奇书。在这部长诗中，张况不仅向我们重新展示了那些重大的历史事件与非凡人物，而且还全方位、多侧面地展示了历史人物的政治智慧、历代的法制体系、不同王朝的社会问题、疆域的开拓与外交、国家与社会的人伦结构、思想与宗教、宗法制度与宗亲血统伦理、文化特色与哲学、市井与商业消费、民族精神与民族融合、科技与艺术的进步演变等，这些都显示了张况较为扎实的国学修养，同时也让人感到诗人在这些领域的思考与困惑："穿过《神灭论》火星四溅的理论/范缜用布衣草履装扮的半截自信/点亮史册中昂首阔步的理论心烛//富贵贫贱纯属偶然/神神鬼鬼岂能当真……一个敢于起来与时代叫板的人/他一定踩痛了时间的尾巴……"这样的"百科知识"有诗人的判断，更有诗人的思考的意趣火花，而对于封建帝制的议论与哲思更显出诗人思想的力度与深度："一次性买断产权的帝业/靠压迫感威慑刚需住户/那升级后无解的民心方程式/困扰着帝国凶狠暴利的月供……"读到这样有力度又深入浅出的诗句，会激活读者的想象空间。

《中华史诗》的史诗架构和它百科全书式的广博深厚，使我们想到"以铜为鉴可以正衣冠"，这部史诗的意义还在于它可以"以史为鉴"，思考我们在复兴中华的进程中的现实。在对外开放的40多年来，中国文坛上多了浓重的以西化为标的风潮，诗坛一方面有了开放多元的格局，另一方面又在妄自菲薄，甚至也出现了装腔作势的"二毛子"之流，这使诗坛有了PM2.5般的雾霾！

张况能以开放的视野重新审视祖国的传统与文化，以自信的努力书写中国文化的历史长卷，我以为，这是中国文化自信心和自觉性的复苏，这是一个值得高度肯定的成果，希望在读者和批评界更多的关注下，张况的《中华史诗》开出一派新风！

■ 叶延滨，著名诗人、诗评家，中国作家协会全国委员会原委员、中国作家协会诗歌委员会原主任、《诗刊》原主编。

张况史诗的精神价值与取向

李　犁

　　张况是一个具有豪迈气概和悲悯情怀的诗人。他用诗歌来穿越历史、串缀历史，是一种献身也是历险。这让《中华史诗》成为激情一路燃烧的长诗，同时它也成为一部柔化心灵诗化历史的史与诗。无疑，张况在提升着诗人的诗歌道德，他的写作不是个人情感的宣泄，而是自觉地把自己融入人类生存的土地和更辽远的时空。但这绝不是一部诗歌写成的史料，而是诗人以这些史料作为平台和符号，把他全部的人文理解和才智写在了大地和史册上，这是一部沾满了他个人气质的英雄史诗，也是一个人的心灵史。这标志着张况从一个清亮明晰的抒情歌手成了博大深沉、不懈追问和探究生命以及人类生存状态的智者和醒者。他渗透在诗歌作品中的对人的同情与关切、对中国历史文化的追问与探求，还有不绝如缕的悲悯情结和雄阔的救赎意识，让这部长诗具有了深邃沉静的境界。我把这理解成张况诗歌的精神实质，更是他诗歌的价值和精神指向。

阅读这部长诗，我情不自禁地想起几千年前那个"众人皆醉我独醒"的屈原。那个衣衫褴褛、独自徘徊在江边不断拷问灵魂、不断求索的背影，就像一道闪电划破了历史的红尘，让那高傲又孤独的形象成为中华历史上永不陨落的雕像，那是思想者心上永不愈合的伤口，也是中华历史上的清醒剂和强心剂。张况选择了这样一条写作之路，无疑也是在为自己塑造这样一个孤独的追问者的形象，在一个不需要思想的年代张况选择了思索，在一个自我已经"自"到丧心病狂的境地里，张况却为自身之外的历史操碎了心，在一个信仰模糊的时代张况坚定不移地探究着真理和人类生存的方向和意义。所有这些构成了张况孤独和豪迈的前行者和思想者的形象。

张况的孤独和豪迈来自他内心的自我救赎，来自他对世界、对人类现状的焦虑和关怀，来自他自愿沉重的献身精神和英雄主义情怀。

翻开人类的精神史，自屈原到鲁迅，孤独从来没有中断过。正是这样一个甘为人类和民族受苦的灵魂和英雄气质，才让张况倾18载心血打造出这部大型历史文化长卷，这部长诗其实就是一条中华民族精神的血脉，张况在这里就是一个警醒者，他在深情地触摸和梳理历史的脉络，理智地剖开历史人物的真实灵魂，让我们在惊心动魄的历史事件和触目惊心的真相面前沉思并反省着。他用这样一部长诗敲击我们麻木的良知，轰炸我们休眠的心灵，他这是在给我们的精神补课，给我们的时代补钙！透过张况特立独行的献身精神和他孤独的身影，我可以预见，体系宏博的《中华史诗》必将成为挺拔于我们汹涌发热时代水面上的一块丰碑。

在诗人变得越来越复杂的今天，我认为衡量诗人的主要标准是良知：一是对艺术的良知；二是对现实的良知。对艺术具有良知的诗人敢于超然于世俗的种种物欲之外，孤独寂寞地把生命投入艺术的建设中；对现实有良知的诗人，会自觉地以社会责任感和历史使命感作为担当，冷静、真诚地剖析人生与历史的大写意，勾勒出灵魂与人类精神的喧响。前者将诗歌回归到艺术的本身，使诗歌具有美学意义，进而起到净化灵魂的作用；后者则提倡诗歌的现实精神，以其思想的深邃、情感的真实、反映生活的准确来震撼人心，起到艺术的启蒙作用。张况的《中华史诗》就具备了这样的品质，他在这部长诗中试图将这两者结合起来，让这部长诗既有历史意义的沧桑美感，又具有思想文化的内涵与力量。譬如他在《中华史诗·秦卷》中有这样的诗句："历史惯于用套红的炫目标题/扩写皇冠下鲜艳的政治读物/几页独自鸣咽的节律性风雨/还没描摹出历史浑圆的臀部/残喘中带着哭腔的阴冷朝政/就提前垒起两只硕大的乳房/懂得辩证法的明眼人瞧得见/那是为帝国准备的两丘坟冢/一丘厚葬千古一帝秦始皇/一丘掩埋无赖混账秦二世……"

显然张况这是在锻打着历史，同时也在锻打着格言。这锻打的核心是诗意和美，还有浓郁的情与趣。我们过去也看过一些类似题材的诗歌，大部分都是虚伪而死板的面孔，故作高深的情感，压迫得读者喘不了气，而张况却举重若轻、思绪驰骋、语调松弛，大有"谈笑间，樯橹灰飞烟灭"的轻松与气概。这是一种进化，也是一种升华，更是一种诗化和创新。

对于张况来说，最珍贵的就是能把时代精神转化为自己的思想，融入时代气息，提炼文化精神、历史内涵，勇于站立潮头，指引精神与价值的路向。加上他的敏锐和人性化，让他在处理这些史料时全情倾注进感情化、个人化了的理性思考，非常难得。

诗人是自身的产物。诗人永远走不出自己的学识、经历和气质。所以张况表现的诗情是他个人的、独到的发现，更是他自身素质的自然凸现。当然有时明显的启蒙作用会影响艺术创作的自由和作品的恢宏，但张况却能把这种责任感和使命感的外向吸力自觉剔除掉，让个人气质和人格爆发出广阔而深远的光芒，作品因之也显现出人生的广袤和深厚、艺术的精巧和轻灵。这就还诗以真实、还人以真实。也就是说，张况以现代人的视角和意识对历史中的种种问题进行了理想的再审视与再审判，从而反映出了生活的深广及阐释出了人类生存状态之真实性，其诗性精神的高度提纯和艺术品质的意义彰显都已达到了哲学的高度。《中华史诗》的触须伸展到政治、文化、家庭、伦理、正义与邪恶、奸诈与忠义等各个方面，还生活以本质、还历史以真相。"大秦这位手握乾坤的开国皇帝/就像一个被宠坏了的问题少年/他嗜血的思想情绪/魔方一般变化莫测/左手轻轻一翻/万里云开雾散/右手轻轻一覆/千年大雨倾盆"。

　　人性的构成一直都是丑恶与美好并联的，但是美好多了，丑恶就减少或者休眠了。所以我们需要接受教育、接受学习，接受的过程本身就是抑恶扬善的过程。张况《中华史诗》中所要表达的是，皇权与专制正好是人性恶的温床。他理性地认为，秦始皇的功绝对是大于过的！但秦始皇时代正是专制勃兴并猖獗的时代，所以这些丑和恶就得以滋生和蔓延，而且一直蔓延到别人别国的领域和生活里，"觊觎别人肥沃丰满的土地／如同睥睨他人漂亮的老婆／他那生殖器般勃起的雄心／硬绷绷恶狠狠地顶撞天地／他欲望的嘴角坠落一小滴馋涎／就能湿透时间千层厚的遮羞布"。将别人的血肉当成自己的晚餐，把别人的幸福和快乐抢为己有，包括别人的财富、别国的土地，甚至我活着你就得用生命为我祭奠，这就是强盗政治，就是即使"千层厚的遮羞布"都无法掩盖的大丑恶，而造成这种丑恶性的原因是封建政治的劣根性。这以牺牲别人利益甚至生命来换取自己野心的行为，就是浓缩了的、本质化了的封建强权政治。在这里"时间瘦弱的一星亮点／照耀一句打蜡的谎言"。张况在史诗中表明：欺骗是赤裸裸的、无耻的，一点也不遮掩的。一切都是顺我者昌逆我者亡。秦皇想把天地都攥在手里。但历史不会只是上演黑暗，光明是一定会回来的。所以最终依然是，"秦王手上最黑心的铁笤帚／能扫除大地上怯懦的蚂蚁／却无法廓清历史的白内障"。这就是任何人无法更正的辩证法！张况诗歌对强权的概括简直达到了"经典"的地步。此外，张况还对人性与异化、真理与谬误、性与爱情作了精辟的剖析，生活之广阔、批判之深刻已经达到了哲理化的地步。

　　但是从遥远的现在观望当时的秦始皇，究竟是穷凶极恶还是雄心勃起，是历史使命还是人性恶的极端膨胀？这些都在模糊中、矛盾中。所以我们说《中华史诗》是诗化了的哲学著作，就在于它反映出历史和人性的矛盾性、模糊性和不确定性。众所周知，矛盾是哲学的本质。其实生活本来就难以说清，善与恶、美与丑、真与伪、幸福和悲伤、荣耀和耻辱都不是非黑即白那么简单。所以说张况的《中华史诗》不完全是在誊写历史，而是站在宇宙大方位上揭示出历史和人性的困惑与尴尬，这是哲学上的大命题。处理这样的重大问题，张况的出发点是：尽管历史存疑，但人性恒久不变。你伤害别人那你就是丑恶，这是诗人最具有普世意义的判断，也是诗人的善恶观。这种化复杂为简单的做法是人性化的，是人本主义和人道主义的立场和彰显。

　　张况的《中华史诗》让我想起一个遗忘很久的话题，那就是人民性问题。我国传统文人的基本特征是忠于人民。呼民之声，喜与民同，忧自民起。屈原、杜甫像丰碑一样在前面启示着我们。《中华史诗》的人民性就是站在人民的立场，以人民的爱憎对大中华既有的璀璨文明和恢宏的历史文化做了史诗意义的肯定，也对封建帝制政治做了入木三分的诗性批判。中国的封建历史核心就是维护皇权的利益，而皇权和专制践踏的就是人民的权利，人民的生命被当权者视如草芥，人民用血肉为皇权为皇帝个人的野心铺就了万里长城，人民该怎么成为历史的主人，成为一个自己主宰自己命运的主人？张况在明处批判的是这些封建的糟粕，暗中呼唤的是人性的回归、人民的幸福和自由！这就剥离和剔除了历史题材诗歌中惯有的假大空的吹捧和歌颂，而恢复了批判、忧患、乐观、质朴的诗歌精神。正因如此，《中华史诗》才从真正意义上具有了成为史诗的可能性。当然，是不是真正的史诗还要接受时间的检验。诗坛上寻找史诗的呼声已有许多年了，那些沿着时间的长河挖掘民族根须的勇士一个个都消失在读者的淡漠里，因为乏情而远离现实使他们的作品没有进入当代人的心灵和生活。而今天和现实需要的不是这些逃避生存的隐士，而是像张况这样的敢于批判、敢于一剑封喉的勇士！

　　纵观这部长诗，除了孤独者的反思与反省，还有悲悯与救赎一直贯穿其中。张况是一个直面战场的诗人，不投机、不取巧，靠的是才华、实力和写作的硬功夫。表面上他是以局外人的身份在写与自己生命并无多大关联的历史，可是我们从中又能读出他对祖国、对人民的无限热爱与忠诚，他的深情像大海一般浩瀚无边，他把他的感情、他的命运倾注在他笔下的每一个人物身上，不论是爱还是痛都是那么淋漓尽致。而且这些愤怒和悲痛最终烘托出整部长诗的核心，那就是无疆大爱！作为一个全国有名的新古典主义诗人，张况对中国的历史实在太爱了，爱得深沉、爱得理性！大爱产生大悲、大忧患，他悲我们民族中那些被践踏的品格，他也恨那些阻碍我们民族发展和进步的负面的事物和行为。于是他发现："酒足饭饱的始皇帝嬴政/业余喜欢带上大小随从/以公费旅游的考察方式/到新张帝国的各地巡游/他极为铺张的烧钱行为/迷失了乱花公款的持守/阳光下兑水的官方数据/被娱乐化的结晶封死……"

这就是公费消费之源，是中国历史最沉重、最耻辱的败笔，是我们民族永远的伤疤！于是张况将这种深刻的关怀和悲悯，化成具有良药之效的警世格言。这些格言就是这部长诗的精髓，也是散乱的金子。从诗歌本身来说，这些格言比这些人物更重要！它们就是锋利的刀光剑影，让丑恶纷纷中镖，让真善美明晰地凸显。

那么总结这部长诗，就是张况希望通过他18年的努力，通过解剖中华民族的历史文化，让我们知道，我们急切需要的是政治上的清明、思想上的清醒、人格上的清白、社会上的清洁。这就是张况像屈原一样去孤独地上下求索的全部内容，也是他悲悯与救赎的方向，更是这部长诗的精神价值和取向。

■　李犁，著名诗歌评论家、中国作家协会会员、辽宁省新诗学会副会长。

序三

诗歌写作中的文化自觉

白 烨

作为一个青年文人，既写小说，又作诗、评诗的张况，是一个典型的多栖作家。但比较而言，张况更为突出的，还是诗人和诗评家的双重角色。在这两个方面，他已有《大梦之痕》《永世情缘》《红尘内外》《爱情颂词》等诗集，《让批评告诉批评》《中国汉诗的温柔部分》《三余拾萤录》等诗评集，先后出版问世，并为他赢来不菲的声誉。写诗和评诗，这看来不尽相同的两个行当，在张况身上却结合得自然而然，而且让他操弄得风生水起。二者的彼此互动与交相辉映，使张况无论是诗歌创作，还是诗歌评论，都自成一格、令人刮目。

读张况，最让我眼前一亮的，是他的以《古典凭吊》为代表的古史题材的新诗。这本由"吊古怀今""历史断章"和"古典钩沉"三卷诗作构成的诗集，全以古代时期的历史事件、历史故事和历史人物为题材，在思古之幽情之中，浸透着一个知识分子的反思意识，释发着一个青年学子的人文情怀。可以说，当代以古史、古事为题材的诗歌写作者，像张况这样专心致志又神采飞扬的写作并不多见。这种特异的造诣、特殊的追求、特别的怀抱，使张况从众多的当代诗人中显露出来，并为人瞩目。

张况的诗，不独以别样的古代题材、古典题旨取胜，他还以诗意与诗艺的桴鼓相应、内容与形式的相得益彰，形成自己的鲜明个性与特殊风格。这里以他的《古典凭吊》为例，略说两点。

其一，人性化地解读古史，让尘封的史事与久远的人物，在有温度的艺术揣摩中恢复原来的生态与本有的生气。如《清明上河图写意》，他以平民视角来解读画作，于是就看出了这样的风景。"官员与布衣/踩着各自的平仄/在同一时辰的同一个集市/步入同一阕宋词"，更有这样的感喟，"河里的桨声/滑入一段发黄的历史/船上的樯橹/摇醒北宋的某个晨曦/一幅封建社会的浮世绘/终于恢复了千年的记忆与呼吸"。可以说，宋人张择端的精妙画作本就可触可摸，而今人张况的生动诗句更是可感可叹，用心地解读之中深怀亲之近之的人文情感。还如《诗意三国》里有关桃园结义的描述，"为了共同的理想/跑到桃园里一跪/三个异姓的年轻人/从此便成了/生死相随的患难兄弟"。如许充溢着人情意味的诗句不断地流淌出来，使三国人物走出了冷冰冰的历史定位与定性，而具有热乎乎的人性与人生的特有温度。

其二，以素朴诠释复杂，让繁复的历史经由简朴的诗意表达，既显现出其原来的事实本相，又卓具隽永的哲理意味。如

《鸿门宴》，先说"鸿门虚掩/中国历史上最著名的一场宴会在这里举行"，又说"一场没有硝烟的战争/在酒杯围成的战场上/被演绎得出神入化"。这些看似描述场景的诗句，以淡中见浓的意味，把这一史事表里裹藏的本相揭露得无所遁形。《诗意三国》里，在以诗的方式点评了一系列事件与人物之后，作者在结尾部分这样写道，"掩卷而思/人们不难发现/魏蜀吴三国/不过是互为捕蝉的螳螂/司马氏父子/才是最后得利的黄雀/而黄雀也仅仅是翼德兄弟骂人时/从口里吐出的一只鸟而已"。这里的每一次转折，都是三国史实与史事的如实写真，但在这种剔除了矫饰的素朴描述中，既有对人运与国运的感喟与慨叹，还有对经验与教训的总结与提炼，读来令人警醒、引人深思。

在当代诗人中，以历史为题材的写作时常可见，但像张况这样，在历史的长河中自由地徜徉，以他的讽古喻今的艺术想象，带领人们进入诗化的历史，应该说实属凤毛麟角。张况这种特殊的历史情怀与深挚的人文追求，使他把自己与别的诗人有力地区别开来，也使现代诗歌在题材题旨上拓辟了新的创作资源，这种新诗写作的"文化寻根"，无疑是一种具有高度的文化意识的写作。这种文化寻根诗歌，在当下诗坛，并非张况首创，但数他做得最为到位，也显得最为自觉。

■ 白烨，著名文学评论家，鲁迅文学奖获得者，中国社会科学院文学研究所研究员、教授，中国当代文学研究会常务副会长。

第一章　龟裂的天空终将覆盖对峙的群山

1

眼前疲沓无力的万里江山
喘着粗气闭上了它的倦眼
西晋王朝大殁之后的替身
翻过一座执迷不悟的大山
以东晋换汤不换药的身段
重新捡拾一截枯萎的梦魇
而后便驱车离开旧日行辕
两个孪生兄弟再一次结缘
连接毫无征兆的山河新篇
而中原大地的朝政空窗期
衍生出五胡乱华的倒春寒
将整个世界搅得地覆天翻

无从倒叙的司马家族谱系
注定是历史好看的双眼皮
眨巴近乎绝伦的登顶底气
早岁一切隐忍不发的潜质
惯于将曹魏高枝默声无视
卧槽之马韬晦的一次前置
终将三足鼎立的局面迁址
龟裂的天空由此抹平缝隙
顺手捏合的帝国风光旖旎
那些跨越所有关隘的努力
最终在神谕的力量中合体
成就推动历史前行的奇迹

东晋逃遁江南建国的脚步声
惊醒了北方黄河流域的惊涛
重新立国其实就是另起炉灶
明显就是推倒后重来的实操
匈奴人鲜卑人羯人氐人羌人
这五头牧羊犬个头显得稍高
他们挥动着各怀鬼胎的屠刀
在此互相扭打狠命拼杀过招
他们像一把杀红眼的冷兵器
心中装着不达目的不罢休的强词

试图对东晋帝国实行抄底夺理
任何出于自保或他保的劝说与制止
都不能洗干净他们沾满血迹的征衣
他们惯于追逐最大利益的洗劫行为
将用百年不变的基调来定盘新局势

一个个蜃楼般缥缈的蝼蚁小国
拼凑成五胡闹中华的悲催大戏
将入土后重新复活的王朝鼻息
折腾成永嘉之乱的民族大迁徙
不安生的一百三十载苦命烽烟
就像一堆永不熄灭的恶性鬼火
猎猎穿插于犬牙般的峰峦之间
随时向慌不择路中走散的人群
燃烧尸横遍野的一堆罪恶烈焰

被马勒磨砺的双肩
夹着长膘的战鼓声
将帝国颓废的花园
践踏成破败的羊圈
这是高级别的战乱
无关认知的深与浅
起点就是分离状态

盲区依然清晰可见
只要把沉重的史识
从头至尾打扫一遍
就能发现泼天苦难
狂风一样无处不钻
没人愿意伸出手来
搭救乱哄哄的国难
这是利益至上的纷扰兵燹
内迁中五脏淬了毒的五胡
是其中最无法无天的恶犬
他们维护胜利成果的决心
比荒原群狼更像罪恶乱源

一块瘦石挥动尖锐的手势
轻易剔去乱象朽坏的肉身
最后只剩下一副嶙峋骨架
祭奠史页尚未超度的灵魂
遥远的极光散开一幕幻象
它要为帝国不断向下沉的理念
制造一次披头散发的拙劣狂想
只要能舔食到历史递给的果酱
任你横亘着再大的苦难与迷茫
也动摇不了它坚如磐石的目光

2

螳螂捕蝉

黄雀待命

黄钟毁弃

瓦釜雷鸣

南燕北燕

断梗漂萍

南凉北凉

乱石泥泞

前秦后秦

满眼遗珠

前凉后凉

破墨残楮

西秦西凉

疮痍满目

大夏成汉

自求多福

前赵后赵

伯仲断简

前燕后燕

兄弟残篇

漠北西域
离乱百年
巴蜀汉地
频遭兵燹

十六种各怀鬼胎的方言
在黑夜的边缘互相拆台
他们之间无休止的争斗
像燃烧的黑幕贼难打开
那些纠合着利益的互掐
让原本羸弱的百姓遭灾
再次承受重重劫难祸害
他们不知道困苦的日子
还要遭遇怎样的大崩坏

十六棵科目不同的小树
盆栽于北方干旱的大地
结不出半颗像样的果实
他们以巨大的内迁热情
誓要挤进中原的果园里
结一树青青涩涩的荫翳
好依仗自己强悍的蛮力
与南方偏安一隅的大红薯

隔江对峙秋行夏令的凄迷
借以解读一腔嫁接的怒气

一切都显得那么荒诞不经
像谁人遗弃在野外的遗产
即使以再好的表情去面对
也难免会生出天大的遗憾
就算用再大的真情去争取
也难以解开已然打了死结的坏局面
抗争的大嘴巴即便再怎么能言善辩
始终都像不相及的风马牛接不上线
一声不响愣让一条脑残的南方草鱼
长时间去消受北方馋猫的虎视眈眈
那是怎样一种令人难堪的神经紊乱
为何倒大霉的总是那只折寿的螳螂
而非那些善于卖弄风情歌喉的鸣蝉

3

垂涎欲滴的匈奴人瞪着那双吃人的怒目
一刀剖开西晋无法自圆其说的那枚月亮
看见长安城倒在血泊中气绝身亡的心脏
正被十六种在线状态下的外部野蛮力量

硬生生掳走它业已腐朽不堪的凌乱脉象

被外患强势介入的死亡帝国

像一棵从头朽烂到根的枯杨

再也难以亮出繁茂时的气场

去支撑一夕早已逾期的黄粱

群鸦盘桓

哀鸣声声

铁骑过处

密不透风

寿终正寝的西晋口衔苦涩玉璧

被七八个胡人装扮的仵作愚氓

填埋于别人预演过的一条裂缝

猎猎西风掠过莽莽苍苍的大地

轻易就将一条失重多年的归程

悄无声息地深葬于历史的深坑

艰难时世至为荒凉的眼皮底下

只剩下女人们蓬头垢面的苦等

还在凄楚地裹挟看不见的迷瞪

尽管女人们够胆面对地裂山崩

但她们却无法点亮历史的心灯

照亮原本属于她们的片刻安宁

她们饱含辛酸与困惑的女儿泪

始终未能及时洗净时间的反讽
只能收敛悲愤冒着刻骨的严寒
以绝望的眼神寄望于依稀残梦

那是一场旷日持久的战役
匈奴强悍自负的野性屁股
还没来得及焐热一张龙椅
被时间褫夺了年号的梦呓
就伸直了它们僵硬的四肢
向中原口语制式下的阎王
交出只有四行的简短判词

波澜壮阔的历史
通常不会犯糊涂
正如安静的时间
轻易不会被救赎
即使间歇的惊怵
被风霜雪雨驱逐
那也只是册页的无心笔误
这段伤心史最主要的出处
就是将已经化灰的纸牌屋
重新赋予平和的五脏六腑
而时间最为重要的死任务

就是尽早扑灭仇隙的烈焰
重回彼此抱团取暖的依恋
两者截然不同的社会功能
决定了彼此间的微妙关联
不是随便就能撇清的孽缘

历史对于流产的誓言
绝不会冷眼漠视不顾
一棵内心长刺的小树
被人轻易就堵住去路
它会兼顾时间的好恶
为一场持久的消耗战
送去最为贴切的关注
五胡十六国粗野的构筑
其实过于简单过于粗鲁
它们乐于在时间的背面
掺杂一些不值钱的信念
让那些找不着北的货色
转瞬就迷失祖籍的炊爨
没有持守可言的逐利者
即使取巧构筑广厦万间
但他们仍不免遭受劫难
眼前这一幕便是鲜活的例证

四个幼稚的年轮转瞬间崩盘
之前所掀起的飓风左右为难
没有任何迹象够胆出来佐证
那就是一场没有规则的铺垫

第二章　朱唇在宫腔再造中接种早衰基因

1

暮鸦昏聩

江南凄冷

夕阳西下

时序罹病

寒风中颤抖的公元317年

噘起永嘉之乱失血的嘴脸

为历史惨白得吓人的墓志

烙上一枚猩红的朱砂年轮

司马睿闰二月性质的哭喊

与王导连成一部震主大片

依然旁落王氏家族的大权

端起先朝虚胖的几分体面

向冰雪中隐没的道路发难

那是被历史拐卖的出发点
向多难江南发放的五苓散
救不了黄河水退却的官宣
只有躲开你死我活的战乱
从残酷的考验中出来避难
才能抵达满腹牢骚的终端
赎回中华大地羸弱的残喘
进而打发剩余的岁月感叹

一册苟安版本的族谱
褪去祖上的荣光之后
伸出一双多疑的后手
才将皱褶的前尘摸透
刘隗刁协戴渊站出来
为东晋进行免费检修

时间离线在线都属隐忧
那双看不见的时间之手
对着风一般的各种争斗
进行象征性的抚慰引诱
那种倒了血霉后的谦恭
似乎来得有些不是时候
更致命的傲慢已经显示

理性地接受眼前的疼痛
是帝国必须承受的揪斗
根本无关放弃抑或苛求

亮出观点有时很重要
这需要底气作为权杖
才能支撑落难的夕阳
更多似是而非的迹象
陷入不断退却的踉跄
得到近似诘问的补偿
这就让人有理由怀疑
那断气后的蹩脚真相
是否在仿生的颓势中
接受了失血性的沦亡
否则理性张扬的缺憾
怎会配合败血的撒谎
一个脱胎不久的王朝
本应该不断完善梦想
却缘何又在转瞬之间
就无可奈何走向败亡

那条封闭已久的香艳的源流
想重新校准祖上血缘的流向

看来已是不可能的真实脉象
它必须摒弃太多失魂的事项
比如不该跟人攀比谁弱谁强
比如不该任由门阀日益坐大
比如不该草率分封异姓诸王
比如不该姑息五胡无序内迁
唯其如此方能迎迓瑞气天光

2

一个王朝的国祚与气数
其最终的所谓决定因素
兴许不取决于朝政制度
来自老百姓的民心汤沐
或许才是最重要的目录
西晋沦落到今天这地步
其实怨不得天怪不得地
失却了拯救意义的来路
正确面对冷冰冰的死亡
也许才是它的第一要务
除此之外的任一种关注
都可视为无厘头的追逐
注定要被群狼般的异族

当成一块肥肉一根狗骨
去填饱他们贪婪的肚腹

踉踉跄跄的历史转过脸去
只为四出游离张望的踟蹰
复制一座冷冷清清的坟墓
它最初与最终的理想去处
就是抱紧欲说还休的悼词
去拜祭跑题后的冢中枯骨

揭开祖上奢侈的遗嘱
拂去上面沧桑的印记
一切语言之外的荣光
都随风留下一声叹息
覆盖于史识上的谜底
是一条待解的方程式
谁答都是落寞的命题

脉络分明的帝国皇家风水
以温顺谦恭的受训者尺度
迟疑答出饥馑之年的命数
历史在另一次宫腔再造中
罹患了阴森森的夺命毒株

那些因变异而早衰的基因
就像人们通常所说的冒渎
不在乎奇迹能否依时出现
也无惧于原有的波峰浪谷
是否会给千疮百孔的朝政
带来意想不到的结构冲突
只有另辟蹊径找到新出路
才能使已然紊乱的旧秩序
重新得到破釜沉舟的恢复

那位自负而孤傲的琅琊王司马睿
转身竖起他那双见风使舵的耳朵
当他窃听到晋愍帝遇害的噩耗后
深心里就如同吞下了一颗开心果
瞬间耸起虎目狮鼻般的蓬松草垛
那五味杂陈的繁复心事
搅拌一股酸溜溜的仁慈
仿佛在他灵魂的深井里
晋愍帝瘦弱堪怜的影子
正以惊人的遗像附加值
摇晃着帝国浅薄的根基
而瞬间泛起的王者气质
能否填补他的想象空隙

这得看历史妥协的图腾
能否烘托出时间的影集
七尺年轻气盛的野心里
帝国早衰而皱褶的脸皮
龟缩于江南建康的一隅
静候上苍能垂赐他天机
好让他在一夕之间获悉
关于登基皇位的好消息

3

有人称帝
必然要有人俯首称臣
有人坐轿
必然要有人使劲抬轿
抬轿坐轿
都是讨生活的小技巧
既是技巧
自然无所谓错对坏好
只要存在
那就是最合理的内耗
内耗也罢
技巧也好

都叫门道

无分迟早

无须动脑

只要开窍

可以调包

无妨照抄

水到渠成的帝国接棒计划

一切顺利得像事先的约定

无须寻求烦琐的心理逢迎

眼前这个炙手可热的皇位

就能稳稳当当地平安登顶

司马睿企图偏安了事的屁股

此时烦躁得像热锅上的蚂蚁

既然已经毫无悬念登顶大宝

就不会再有太多的顾虑迟疑

他没有太多动因之外的提示

只是在夜深人静孤独难耐时

平添了几分无人对话的冷寂

这是想想都辛酸的虚设背景

涂抹着太多令人费解的记忆

一些看不见前途的沧桑斑块

挤在历史输出的血管中抒怀
它们肯定比没人喝彩的现场
更显出某种鲜为人知的苍白

那是一种源自心底的真切感受
没人捧场喝彩的乏味皇帝生涯
无聊得让司马睿想脱裤子裸奔
没人买账的孤独显得有些排他
分明是旷世未曾见的成本核查
账本上却缺乏太多的生命升华
当皇帝有时很难说出个中滋味
任由岁月蹉跎拙笔永远不生花
打掉牙往肚里吞也是一种造化

时间慷慨无私的一次光鲜眷顾
让司马睿的皇位顿时失去庇护
情绪管控难以割舍的主流笔录
总在分拣令人费解的角色归属
像金銮殿这般令人神往的去处
安放这么个金光闪闪的皇帝位
其实除了浪费空间多几根梁柱
再也看不出任何地方值得羡慕
多点欲说还休可有可无的色素

会让郁闷的皇帝陷入更大孤独

4

历史就是个不讲理的老顽童
它无须顾及太多的缛节繁文
就能将一个清凉的人性文本
解读得剑拔弩张又不火不温
司马睿要想过上体面的生活
他必须摒弃既往的价值言论
而代之于接地气的独特身份
这是上苍对他的另一种眷顾
贺词里竖起的时间的金手指
一定会在某个时辰戳破夜幕
用即景书写的一纸冰冷残酷
破一次没有主角的潦草纪录

关于伤离别还是就地相互抱团取暖
时间没给出放之四海而皆准的答案
它只是待在相对逼仄的另类空间里
贸然间题写的一个令人困惑的落款
这是一本常人难以读懂真章的素笺
轻薄的历史见状迅即沉下一张老脸

愣是为司马睿坐立难安的起伏心电
颤巍巍送去一缕寒风般的凛冽罚单
没有任何人知道它想表达何种内涵
又想透过一丝丝寒风掀起何种巨澜
反正司马睿在皇族中的地位和名望
就像落入江河湖海后的漂木和雀斑
藏掖着太多肉眼看不见的刻意隐瞒
那些长时间困囿于苍茫夜色的暗示
很难展示令人眼前一亮的惬意慵懒
它们低于朝廷所有宫门的高傲视线
总在寻觅比自己更低调的内置峰峦

得亏还有士族王导等人
发动假意或真心的力挺
司马睿瑰丽的节旄銮仗
才能在明灭中由阴转晴
并为灾难深重的天子地
送去梦幻般缥缈的浮名
抹去他难掩悲凉的泪影
否则无聊透顶的皇帝位
即便贴上标签随意鄙猥
也无须讲究太多的避讳

第三章　刻意撑伞为王马共天下无奈遮阴

1

群鸦低回

哭声渐远

所谓皇权

过眼云烟

一个叫东晋的矮个子王朝

在江南深秋乖巧的河对岸

用史识中稍显轻薄的拐杖

撑起挽狂澜于既倒的巨伞

为王马共天下的尴尬格局

刻意进行超想象的技术遮掩

一个史称晋元帝的虚弱年号

像西晋苟延残喘的画舫雕栏

镂刻着没落帝国含泪的偏安

祖逖当年闻鸡起舞的威名
如闪电贯入晋元帝的耳朵
炸响收复失地的万钧雷霆
当这位心急火燎的大当家
获悉祖逖到达泗口的消息
这才欣然切换向好的心情
晋元帝拾掇好荒芜的背景
信笔颁出一张脱俗的圣旨
任命祖逖为军谘祭酒兼徐州刺史
让他怀抱着一把循规蹈矩的利器
坐实了忠诚看守大门的年画主旨
规规矩矩驻防在京口的要隘城池
为东晋王朝守护偏安的年号红利

祖逖慷慨激昂地向晋元帝的耳朵里
不厌其烦地灌输北伐的意志与伦理
他欲以江山画卷打动晋元帝的励志
因司马睿已自足于苟安江南的半壁
而无可奈何地泡汤告吹并直接散佚
从他内心深处溢出的悲观失望情绪
很快以鸿鹄之志不得伸的潦草遗迹
兜头泼了少年英雄满身满脸的淋漓

为了适当照顾眼前这位英雄的情绪
不致打击他那点言之在理的积极性
晋元帝清了清暧昧的嗓门干咳一声
随口就吐出一道安慰性极浓的赐封
一顶奋威将军豫州刺史的空洞官帽
顶着艳阳烈日折算成国家级的奖赏
堂皇地戴在祖逖志存高远的头顶上
那象征性拨付给祖逖的布匹与军粮
轻轻点击少年英雄渴盼已久的向往
一种自行解决兵勇军需的深度困惑
辑录晋元帝极不负责任的任性推搪
将皇帝不急太监急的一部东晋断肠
有腔有调演绎得淋漓尽致满目凄惶

2

被晋元帝私心传染的大地
生出一些令人费解的疫疾
像天空中时隐时现的荫翳
遮盖祖逖英姿勃发的壮志
让它化身可有可无的野草
接受北伐烽烟烈焰的烤制

任由其自生自灭看淡生死

雄鸡的叫声穿云拨雾
愣是挤进祖逖的耳际
成为激发他的兴奋剂
祖逖早年一听到鸡啼
便急急忙忙鲤鱼挺立
与男闺密起舞挥剑气
祖逖与刘琨形影不离
二人皆系职业型爱国志士
当年在晋怀帝司马炽被俘
而中原又值一片混乱之际
愣以舍我其谁的冲天豪气
淬硬雄性十足的万顷涛声
作为自己所向披靡的利器
与胆敢冒头前来进犯之敌
作过一场你死我活的开撕
这无疑从另一种姿势制式
阐释了这样一个闪光信息
一个抱持爱国之心的汉子
只要给痛苦予嘹亮的位置
他就会对着幸福说出梦呓
在自己坚强不屈的心底里

种满如假包换的深沉主题
爱国是其中最锃亮的惯例

鸦鸣巧妙躲开时间埋下的伏笔
悄然隐匿它们语焉不详的写意
祖逖北伐过程中最抢眼的战绩
虽然曾令对手们为之觳觫战栗
但是终因敌众我寡的悬殊实力
而遭受了回天乏术的无奈冲击
祖逖闻鸡起舞的一腔青春热血
最终化为一行悲壮雄浑的泪滴
倾泻于江山社稷冷漠的脸皮
他那悻悻然一言难尽的遭际
着实令此后报国的豪杰志士
无不为他顿足捶胸扼腕叹息

3

日月悬灯
万物有恒
所谓傲骨
掷地有声
历史册页上川流不息的滔滔长江

是后宫哪位绝色歌伎善舞的丽影
呼啦啦不停翻卷的三丈涨落阴晴
为何它煞费苦心扬起的解愠熏风
总想将历史拨亮的心灯吹灭扑腾
为何它绞尽脑汁伸出的巨型大手
总想将都城飘忽不定的华丽旆旌
折成两块懒洋洋的锦绫
为何它横陈在乱世绝境
总被误读成流动的风景
为何它缠绵悱恻的素练
总被人当作无辜的锦屏
一再承担莫须有的恶名
遭受不公正的无端恶评

寻弊索瑕
百事可哀
锲而不舍
金石为开
穿过东晋心脏的一幅慵懒长卷
行进中涌动着大海沧桑的做派
它内心按捺着万丈尘嚣的矜持
用简单的平仄奏响繁复的节拍
千种民俗含蓄的风情随风飘舞

那是寒春尚未解冻的季节风采
在月光下扭动着冷调幽怀
千重雨幕悬于历史的前额
成为时间梳理史识的刘海

蜜蜂之能获得最甜蜜的成功
缘于它自身锲而不舍的勤快
而历史的复眼一直瞧不起它
总视其为无物或当它不存在
蜜蜂与历史总这样纠缠不休
严重影响时光的恩赐与花期
但是无论彼此花多大的力气
最终还是拿不出正确结论来

时间的脚步就这样坚定地一往无前
蜜蜂对既往的历史只记得它的梗概
既然历史无法善意祛除过往的阴霾
它就不能凡事总寻思要搞别出心裁
关怀国运的英雄必须活得清清白白
才可能将模模糊糊的欲望彻底打败

观照历史须具备过人雅量
才能看清时间罗列的镜像

时间背后悄然出生的太阳
照亮时代遗留的所有内伤
它能融化事件冻结的假象
也能稀释功过累积的含量
只要放大时间内核的当量
就能扛起历史赋予的重量

历史不能唤醒自己的身份
英雄们知道前路充满坎坷
因此索性忽略个人的升沉
他们惯以自己绝尘的自尊
来完成逆袭后的生命提纯

4

时间中饱牟利的私囊后
待在东晋的角落里打盹
部分凭自己的过硬身手
获得历史赞誉的英雄汉
从不吝惜眼眸中的气氛
他们对关键人物的追寻
发现了隐匿的民间凶馑

五胡的扰攘既可恶也很扎心
像风中摇摆不定的五根荆棘
随时都可能刺破东晋的脸皮
他们内迁过程中所历的艰辛
辅之以令人厌烦的劫掠戾气
将自私预设的幸福生活意义
直接嫁接在中原晃荡的高枝
让核心位置发生的朝政挪移
最终演变成时间草率的前置

中原百姓失语后的表情
被农耕的乐趣暂时安妥
他们不得已将各种战乱
植入于无奈的日常生活
时间理性的夸张与困惑
未能给予宿命翩然一诺
以至于惯于劳作的双手
总是把握不准人生福祸

舀春天之水
灭历史烽烟
期国祚千秋
安万世狂澜

借重秋收的喜悦
唤醒迁徙的权变
踏着冬雪的内涵
收敛光阴的散漫

历史无法克隆的梦魇
颠簸在朝政的剖面上
如一座晃悠悠的楼船
载走事件隐匿的痛点
漠北纷乱嚣张的狼烟
惊醒荆湘偏安的寒暖

司马氏王朝确实慵惰懒散
就像怠政的烂泥糊不上壁
匈奴巴氏谈不上特别强悍
但他们一个两个都很糟糕
鲜卑羌氏根本算不得好汉
揪住劫掠的缰绳马上开干
五胡十六国绝非无能的等闲备份
不达成目的他们绝不会收敛甲盾
细心对接梦醒后的一部长篇大论
睡眼惺忪的傻皇帝这才赫然发现
王马共天下是其中最荒唐的部分

第四章　被露珠钦点的圣意在复制中重生

1

群鸦盘桓

叫声零散

所谓重生

实则涅槃

北方不堪回首的纷乱经验

挟持一帘悲壮的春秋残梦

仿如一群结伴南飞的征雁

展开它们抱团取暖的内迁

冀望鸠占鹊巢的蛮力抢占

能为飘忽已久的生计艰难

能进行一次实质性的抢滩

纯鸟语版本的胡语胡言

挣脱太多形式上的羁绊
用一百二十余年的战乱
才算完成了艰难的翻盘
相比于中原的艰苦坚守
征雁执意内迁的意志力
更像是一次无意的闯关
以许多欲说还休的艰难
书写奋进版的家园诗篇

中原大海般的吸纳能力
无疑具有超一流的品质
欲拒还迎的被迫性包容
有时比敦厚持重的收集
更具广泛包容的附加值
对于朝政慢吞吞的重置
那是游离于现实的偏执
作为一种强迫性的拼接
焊口上突兀的扰攘介质
很难填充东晋开篇之失
正如历史血淋淋的伤口
很难在短期内结痂植皮
悲剧当然归结于司马氏
属于东晋朝家属的疟疾

以无奈的笔触书写病历
而匆匆忙忙草创的乱局
最终在年号重置中散佚
没有人知道其中的奥秘
其实如无法织造的古皮
明眼人一准都可以看见
那是史书上刺目的荫翳
覆盖着东晋伤心的泪滴

历史瞬间生成的精神白内障
刻意遮蔽了时间存留的真实
那些赚足了面子的天干地支
总在朝纲无序的天道轮回中
增生出太多触手可及的恶例

那些被露珠钦点的湿滑圣意
虚无得就像一片紊乱的根系
青草覆盖着先朝年轻的朽尸
它们无法抵达骸骨上的遗迹
愤恨中已然坏死的王朝印记
是获得重生抑或是终将就死
一切完全取决于中原与漠北
能否勾兑出一个响亮的实词

为即将开场的新朝政治游戏
刻画出更多实锤的重磅支持

2

时间的判决书其实很残酷
它不会给人输出有益启迪
也不会刻意接受任何暗示
它只是以一如既往的惯例
助推历史不断前进的肢体
接受再次无端生事的事实
至于能否将恐惧顺利剥离
并从事件中吸取某种训示
那是入侵者最残酷的角力

流水漫漶着祖上铭心的憾事
它们根本不懂得柔软的钓丝
其实有着坚韧不拔的穿透力
轻易不会上钩的新朝无骨鱼
很难推送实质性的运作机制
任何有别于诱惑的台面危机
都有可能演变成台下的炫技
新朝来不及变换操纵的手势

就被一阵凛冽的风改变态势
阴暗中不可收拾的犀牛事件
是终是变糟抑或是得以平息
取决于皇帝老儿的潜意识里
有没有足够的治国理政能力

历史变幻万端的脸谱
布满不愿消停的风霜
时间不断生成的症状
此时已向着左道逃亡
徙移偷安的旁门建康
是阶段性的江山回望
吃草的羊与吃肉的狼
彼此尿不到一个壶里
这属于无意外的正常
反倒是自然界的剧场
总在上演历史的断肠

勃勃雄心成不了鼓点
自然也就擂不响天象
北伐不过是一次梦遗
外加闻鸡起舞的妄想
合奏出来的英雄断章

没有谁生来就是狗熊
只有收执吴钩的悍将
才配拥有广阔的边疆

琅琊王司马睿没料到
自己当年的审慎攻防
居然将立国图存愿望
变成现实的莫大奖赏
登位称帝后的司马睿
当初虽有图强的雅量
终因苟安心态的作祟
而放弃与十六国硬扛
五胡更是难缠的角色
弄不好非但法理难张
还可能丢命遭受巨创

触手可及的漠漠光阴
就这样没日没夜飘远
许多故事以事故开端
最终走到历史的反面
积雪织造的洁白尸布
被时间之手撕成两半
一半企图掩盖北部势力的烽烟

一半妄想遮实南方群体的梦幻
云里雾里一切就摆在新朝眼前
缩水帝国究竟要流到何处上岸
这一切恐怕只有老天爷能看穿
凭晋元帝矮人一等的侏儒智商
断无能耐花力气驱虎豹保平安

3

更多的遗留问题
需要用时间之水
进行个性化冲洗
才能够逢凶化吉
更多的矛盾现实
需要用深度磨砺
才能够对接未知
获得暂时的休憩

相安无事的期盼
也许是观念问题
虚幻且不切实际
似乎眼前的一切
只是眩惑的虚饰

浮躁而缺失认知
没有实际的建设
内迁的愿望也好
偏安的玩法也罢
彼此的心理暗示
根本就难言舒适
被割地被抢饭碗
那是正常的制式
被强拆被去国号
那是反常的记忆
眼前所有的一切
都必将沦为遗迹
给后来的拜祭者
预留一块自留地
也给感同身受者
添置一处新伤逝

真正的和平共处
是个考人的问题
它既无标准答案
也非正解的阐释
分享玄幻的经验
心无太多的顾忌

难以接受的现实
让人们徒生悲戚

五胡十六国乱象
是一场夺地大戏
东晋唱的是配角
司马氏忍气吞声
那是必然的选题
想着要逆天改命
那必须奋力拼死
结局要是好一点
拼他个网破鱼死
下场要是惨一些
必将赔款加割地
五胡十六国耍横
是晋惠帝的宿敌
这种疼痛的较量
既是个空间问题
也是时间的积弊
当它们二者之间
实现了自由位移
忧心忡忡的历史
也就真的从乱世

穿越了无数制式
最终通过无名指
与掌心达成共识
为开拓霸业渠道
提供了纹路武器

4

冬天凛冽的叩问
辜负了满桌琼浆
雪花轻盈的趋附
辜负了满目春光

新朝阶段性的诛心腹胀
泻空了东晋迟钝的肠胃
剩下孤零零的皇权支撑
冲击着年号的六腑五脏
勉强替眼前苟安的鼻息
轮岗一枚冷色调的月光

司马氏家族的弱质儿郎
再难将东晋的国运担当
并责无旁贷地扛于肩上

历史是经常犯错的箩筐
撞脸谁家江山都属正常

改朝换代是个命运怪圈
无人能破圈将风雨阻挡
残酷是眼见为实的状况
疼痛的经验再一次开讲
群体间永无止息的对抗
是东晋帝国的悲剧选项
浑浊乱世没有哪一条路
能轻松撇开历史的走向
一切都得遵从适时构想
才能抵达祖籍的最前方

任何基于欲望燃烧的战场
其实都是心魔作怪的浮光
倘能真正摒弃不洁的欲望
彼此间相安无事有福同享
那么纠缠不休的老旧时尚
就不是会梦呓的虚幻影像

十六条各怀鬼胎的皱褶
紊乱纠合在北部天空下

它们纵横交错七嘴八舌
一直持刀赶杀穷追不舍
欲以十五载暴戾的沉疴
卸载东晋没脾气的外壳
将司马家族失魂的媾和
逼入了无路可退的平仄
那令人叹惋的末路豪奢
实则是显而易见的苦涩

这就是令人战栗的错愕
这就是无风起浪的指涉
聆听这哀痛的残酷挽歌
华夏版图最刺眼的困厄
已剥离任何虚构的目测
那无声痛哭的软弱指责
最终代之于粗暴的兵戈

第五章　厮杀与喧嚣躲在夕照里拒绝苦厄

1

狼烟如铁
鬼火明灭
史页失聪
朝政泣血
喧嚣淘洗后的五胡十六国
早已对习以为常的喊杀声
保持着置若罔闻的麻痹性
那十六条拼命厮杀的鬣狗
如同飞出牢笼的超级果蝇
对荤腥外溢的土地和权柄
一以贯之保持占有的激情
它们看惯血腥风云的眼睛
发现头上的天空开始酩酊

那是喝假酒后的冰冷示警
随便逮着谁一股脑灌下去
都会洋相百出不见了人形

东晋帝国松糕一般的天空
原封不动地属于中华大地
五胡十六国篡改的宗地图
依稀还凸显着旧日的泪迹
一大堆各怀鬼胎的龟儿子
彼此之间再怎样吞吞吐吐
也不可能吃独食捞尽好处
倒不如放下屠刀各安天命
图他个各自精彩共同进步
也好重拾一段缥缈的笔录
为彼此画一条苟安的活路

多民族杂处的生活场景
衍生出极为复杂的民情
不注重含意的南腔北调
根本无法押韵国计民生
东晋王朝出世就是迷瞪
财货越变越少也就罢了
可恨五胡十六国要分羹

一个个都想伸手要提成

灰烬与露珠不尊重事实的结果
给大地带来真实与谬误的取舍
那些需要耗时才能稀释的负荷
轻易就被欲望带进历史的沼泽

朝霞与花朵不尊重季节的结果
给天空送去残缺的诅咒与火焰
那些要上百年才能填补的遗憾
被权谋转瞬就卖给蛮横的时间

特殊材料做成的历史拼图上
捞一把是一把的五胡十六国
此时此刻正悻悻然眉头深锁
他们对着飘萍般的东晋魂魄
动手就掐断了他空虚的脉络

2

频遭蹂躏的大地
内心有多少苦果
未及向历史端出

这似乎不好揣度
它被践踏的独白
还藏着多少沧桑
未及向时间洗濯
这很难及时检索

承载一切的大地
虽一直缄口无语
但万物心思缜密
无时不在以暗喻
注释一夕的欢愉

历史的巨大内涵
蕴含着何种答卷
这没有准确官宣
它搜罗谁的谗言
也难以让人释然
当着既往的条款
历史仍然以经验
向在意它的人们
昭告自己的风险
不是凡人的甜点
轻易不可能转圜

历史彰显着正义
它总在竭尽全力
扮成猎人的样子
为冷冰冰的时间
寻找对口的利益
它硬邦邦的腹肌
凸显何时的皇历
其实一点不重要
重要的是它心里
藏着时间的奥秘
它所散发的气息
蕴含复仇的天机
轻易不为人释疑

时间绝不会胡说
并乔装无辜过客
为历史主动担责
但静悄悄的史实
却已将恩怨镌刻
此起彼伏的烽烟
踏着追命的平仄
任谁都必须品尝

它所带来的苦涩

时间会不会认错
这点也不失原则
它老爱低眉蹙额
对历史指指戳戳
才是要命的灾祸
它冷冰冰的心锁
陷溺于空茫烟波
输出太多的罪恶
让百姓无辜受过

时间阴沉着老脸
总喜欢仰着歪脖
板着脸目击善恶
十六场大雨瓢泼
将雷声囫囵吞没
剩一树婆婆娑娑
就着历史的渡河
种下东晋的恶果
想听讨伐的凯歌
等来的却是指责
想拥有追梦资格

却失去平安快乐

3

天空哑然
大地缄默
东晋无语
五胡浑浊
盗版的十六国
点燃连年战火
烧透南北危惙
司马家的皇舆
不断摇晃颠簸
错版的小山河
很难自圆其说
东晋的小脾气
浸润皇家晦魄
让五胡十六国
很难饰非文过
相见实难言好
共处横亘阡陌
不如隔一层膜
藏匿彼此之拙

让算计的龌龊
从此下沉陷落

东晋帝国迅速向后撤退的积弱风景
以无比消瘦的点横竖撇捺再现舆情
它们组装烽烟滚滚的历史现场说明
五胡十六国确是帝国天空的积雨云
随时可能炸响东晋难以承受的雷霆

那些被渐次入殓的血迹与泪影
还在浮现时间尚未洗净的泥泞
而随风匆匆远去的厮杀与喧腾
就躲进江南江北的两张夕照里
婉言避过远道而来的人为陷阱
李雄刘渊苻坚拓跋珪均非善类
张轨吕光苻健莫护跋各有依凭
吕望慕容儁乞伏国仁长于发号
石勒慕容垂秃发乌孤善于施令
李暠段业姚苌刘卫辰精于算计
慕容德慕容云慕容泓乐于留名
五十三人称帝那是上天的垂注
二十三人称王则属大地的余兴

强加于时间身上的内迁事件
坐下来对弈五胡的粼粼清波
很明显那是历史的刻意运斡
没有人能准确判断其中对错
只有霜一样惨白的功过是非
无时不在趋附心中那片壮阔
未能够实现完全统一的皇舆
绝对欠缺了勃勃雄心的轮廓
那些因温饱问题衍生的砍斫
是历史个性退化的另类雕琢

时间不经意的一次换肤沉沦
让东晋不断后撤的受虐年轮
很快就失去应有的捏合气氛
五胡十六国扯开自私的嗓门
对着阴沉沉的天地喊话乾坤
然后再用沉重的136圈齿痕
完成了一场凌乱的北部招魂
他们所进行的声嘶力竭的领土拼争
其实只是一厢情愿的利益角逐而已
这种缘于生存发展而起的本能私利
被强行植入一行看得见的辛酸泪滴
踮起脚跟为时间不断插播的历史剧

接力屏蔽一次就很闹心的军事对弈
摸到帝国权力天花板的五胡汉子们
超越了以往动辄下狠手杀戮的恶习
由此而成为融洽突兀历史的润滑剂

历史当然不会贸然裹足不前
五胡十六国无休无止的对抗
最终因缺少一个绝佳的配方
而没有形成一场像样的合唱
从史学的角度对此进行考量
这确是属于东晋的一处巨创

第六章　五胡十六国是历史孕育的葡萄胎

1

群鸦低吟

日月潜形

矮脚皇舆

蜩螗沸羹

激越的伤怀情节

无论眷恋或栖息

都注定难以引爆

皇权矮脚的性质

被罡风撕扯殆尽的枯树枝

当此敌意持重的至暗之夜

散作吊古怀今的丧家冥纸

紧随着一阵阵嘤嘤的哭啼

纷纷扬扬地撒向苍茫大地
就像刻意举办的一场葬礼
为东晋开场即走弱的深谜
平添了几分落幕前的克制
除了苟且偷安于江南一隅
所有的豪情壮志都是儿戏

那一向以英雄自诩的汉子们
傲然挺立于时间动态的驴唇
他们惦念着各自特殊的情分
有的想捞取独霸一方的资本
有的想旋转垂涎已久的乾坤
他们抱持着各自发烫的雄心
忙于在鸟声幽深的山涧深处
搭一条通往自己梦想的直路
借以开辟心目中的万里通途
他们各揣目的的每一个谬误
都被历史隐忍的小处方祛除
他们破旧的口袋接纳的变故
是东晋含泪出发的民意基础
他们是天底下最狂傲的一族
在积弱背景下求生存谋发展
没有人敢夸口说自己很无辜

老子就是先朝最可信的心腹
谁也不能贸然动我半根指头
即便他拥有一百条充分理由
在老子天下第一的年份背后
谁都可以夸口说自己最优秀
自己才是历史遗产中的星宿
是任谁也碾压不扁的铜豌豆

当此时各吹各号的各色私心
已然握不成一只像样的拳头
眼下这各唱各调的自私逆鳞
已没法打开春天郁结的深愁
那些纠集在心坎之上的杂音
总在一片乱象之中升级恩仇
那些在水深火热中受苦的人
仍是手无寸铁的百姓和黎民

2

南边烽烟刚熄
北方战火复燃
东部血迹未干
西面冲突又酣

可恨夺命烽烟

烧个没完没了

总在不经意间

针对幸福设限

五胡十六国春天般复苏的花花肠子

像无法顺利怀孕历史真相的葡萄胎

它们用唾沫搅和的那盘散沙的病态

根本扛不住时间癌变中的风霜虐待

东晋虚弱多病的体质还谈不上舒泰

蹩脚历史惯于秋后算账的翻盘能耐

就遭遇了常人难以想象的难关险隘

黄河南北

草木葳蕤

关中各地

风雨悲催

沸腾滚烫的连年烽火

架在历史的炉灶底层

熬出一锅浑浊的汤羹

但它缺乏营养的引擎

怎么也拉不到时间巨无霸的图腾

那些因连年征战燃尽青春的政纲

像无法进行贸然归类的权位乱象

盘不出一个像样的史识造型影像
十六国向斑驳的历史奉献的药方
乃是一桌你争我夺后的迟暮双簧
它没有任何风味可言的衰老色相
此刻再也唤不起任何宽松的余响
更饲喂不了乱世无所趋归的欲望

3

公元322年正月的梦
还挂在阳春的枝头上
王敦失宠的权贵眼眶
就露出了叛逆的凶光

帝国权势动因的背后
涌起动机不纯的暗流
就像难以逾越的阴沟
无时不在搅和着深愁
那些欲望驱动的前奏
涌动着病恹恹的症候
总在纠缠南北的恩仇

刘隗刁协的确有些嚣张

但这不能作为结怨理由
直接就对他们狠下死手
纤芥之疾原本不足为虑
予以铲除显得用力过头

王敦以诛伐刘隗为名
突然进逼京师的思路
明显带有逼宫的意图
这野心狼子死有余辜
绝对应视为绝杀对象
予以一次性彻底铲除

王导为保全王家利益
助力王敦血洗建康城
这是罪该万死的造型
杀一百次都不被诟病
投靠石勒乃认贼作父
王敦的嘴脸极尽狰狞
砍一千刀都不算酷刑

温峤借粮的最本质意义
在于实现以弱胜强目的
他那四两拨千斤的想法

揣着替帝国补锅的善意
应给予忠心可嘉的奖励

陶侃奋力搬砖的真正含义
旨在磨砺自己的北伐意志
有着踔厉奋发的意外之喜
惜谷是良心的阶段性胜利
爱国才是他今生的大主题
他最初和最终的朴素目的
只为王朝能实现完全统一
陶侃是天花板级别的奇才
其治下的荆州能路不拾遗
是因为他有一套过人本事
从政本不是他的最大原意
不过入了行就要干出样子
平苏峻斩郭默是两出好戏
他手到擒来不费吹灰之力

陈敏纯属找死的最大理由
不在于他的脑袋进没进水
更多的可能是他心里有鬼
导致出现严重的身份偏废
他这样肆无忌惮上下其手

可看成是自取灭亡的另类

杜弢张昌乃不值一提的笑料
此二人根本经不起任何推敲
历史不经意推他们出来挡道
完全是一种乱点鸳鸯的胡搞
他们胡乱出场的行为很烧脑
让明眼人看着都感兴味全消

4

陶侃也好

温峤也罢

都是好汉

二子成色

都很震撼

二位脑袋

深具内涵

二人膂力

颇为强悍

二者内心

能掀巨澜

庾亮无谋害人匪浅

致有苏峻造反发难

慕容有节待人甚宽

乃有前燕繁华出圈

撞彩好事一去不返

眼前留下一群脑残

历史有薄义的一面

背后藏着谦卑羞赧

皮里阳秋平静的表象之下

潜藏着知人善任的好品质

命到日中视死如归的预言

激怒王敦暴杀郭璞的意气

欲于此蜩螗乱世获取足够的尊严

必须有一套过人的看家本领维系

当吊诡的世道开始乱成一锅粥时

屠戮就可能成为一种恐怖的态势

当杀人成为一种情节需要的游戏

腐朽朝政自然就溃烂得难以收拾

五胡十六国其实没什么堆头

看上去就像一根银样镴枪头

然则东晋朝也缺了风光看头

像一只胆小乌龟频频在缩头
五胡十六国不值得深情回眸
然则东晋朝也少了内涵筹谋
紊乱焦躁一直是彼时的常态
纲常失序注定是时局献的丑
五胡虽有入主中原的大野心
但东晋无任何依凭根基可守

八王之乱后遗症的遗羞
搞得到处都是割据世仇
十六国真可谓无情无义
分裂拆台已成彼时主流
汉人建起三个天字码头
五胡分赃了十三个风口
三合三分是为蝇营狗苟
称霸称王实则臭味相投
由于自身原因崩溃泄漏
莫怪史识无情摧枯拉朽
回望你死我活几番争斗
徒留无限悲催万恨千愁

第七章　彼时的英雄都不是一盏省油的灯

1

英雄们脱去王朝残破的外衣之后
史识就露出了最残酷无情的本相
写生写死写苦写乐写时间的孤独
绝非三言两语就能成事的大文章
写天写地写爱写恨写人世大沧桑
绝非手起笔落就能结尾的标题党
看得见够得着忘不了的舒适龙椅
英雄豪杰们想上却上不了的龙床
一并打包构成东晋最明显的内伤
成为五胡十六国梦想入住的朝堂

在荒唐世事不断上演的扰攘年代
所有的英雄都不可能是省油的主

一旦放下手中沾满血与泪的刀斧
他们首先想到的不是要立地成佛
而是不约而同撞破脑袋挤向高处
站在各自认为有利于自己的角度
切削着自己别有用心的称王意图

国家意志只是一种简单摆设罢了
英雄们都紧盯着目的不纯的手稿
试图解读东晋仅有的一丝丝妖娆
从而成全自己野火般上蹿的标高
那些被风雨侵蚀太久的人性孤岛
想在一条多疑的成语中收复城堡
那该是天方夜谭后的一厢情愿了
每个根本不懂如何抒情的闷葫芦
都不会张开嘴巴说出历史的牢骚
他们善于包藏好一触即破的祸心
随时准备一哄而上抢掠心仪物料
搭建自己野心支撑的梦中新王朝

时间只是事件肌体上的附着物件
它不会因为历史有何种过分需求
就摆出一副阿谀的嘴脸让人厌烦
它会尽力去修补朝政空茫的昏暗

然后竖起前朝英雄们遗落的旗杆
为五胡十六国无止境的野心埋单

历史纵容出来的乱象着实复杂
谁都没法在如此恶劣的背景下
真正拥有一份悠闲独处的潇洒
覆巢之下难有完卵此话真不假
要想在动荡时势之下独善其身
几乎是痴人说梦般的哄人屁话

这是一场难以蠡测结局的赛事
所有人都不可能赢得最后胜利
每个蕴含激进思想的略地手势
都将会被不思进取的思维模式
压在一个寸步难行的狭小缝隙
永远难以超越既定的夺位游戏
每一种手持着刀枪剑戟的杀气
都将会被急躁冒进的行事方式
推搡进一个诟病天良的泥淖里
永远难以逃脱王权内卷的袭击

生老病死是经常发生的小事件
那些难以人力控制的死亡预感

根本不可能在时间的牵引之下
获得具有实际意义的死亡经验
生老病死只是人生的最终反面
更多的面孔无论在朝还是在野
都像猴精一般拥有百变的本钱
门阀士族犯不着为这无聊变脸
陷入太多毫无必要的精神构陷

长江天险是完全靠不住的谬论
所谓固若金汤只是梦中的自尊
根本书写不出辉煌背后的沉沦
淝水之战当年决定存亡的胜算
也不过是偏安江南的侥幸应询
作为无数走马灯似的匆匆过客
谁梦想在杀声震天中毫发无损
谁就是痴人说梦时的朝露浮云
谁奢望在尘土飞扬中独善其身
谁就是异想天开中的受惊鹌鹑

2

历史最关键时刻的表现
有时候真让人感到郁闷

让人感到摸不着头脑的
还有时间冷冰冰的体温
它顺手牵羊的过人本领
总在旧王朝命运的附近
磨砺着草菅皇舆的锋刃
被严重低估的北方小国
一个个都表现得很不忿
它们以撕咬的手段留痕
随时会给帝室士族矛盾
留一道刻骨的豁口光晕

风光远去只是瞬时记忆
韶华不再才是铭心遗憾
对战乱最为深刻的评点
也深不过老百姓的苦难
那种断肠式的抢地呼天
分明横陈着时间的尸变
那已然风干的遗骸上面
烙印着东晋弱质的尸斑
一般人其实根本看不出
遗留在上头的失血嗟叹

腥风血雨中浮沉的民殇

如同一个空茫的芦苇荡
失血已久的贫民老百姓
根本无法以靠谱的灵光
感知眼前所发生的冲撞
那些失去了耐性的等待
根本无法重拾事件真相
阐述历史看得见的沧桑

东晋就是司马氏的门店
陈列着一系列伤心牌匾
傻皇帝明显就是个摆设
偏安岁月漏洞百出难堪
衣冠南渡八次北伐而外
全是故都得而复失的坎
想跨也跨不过去的劫难
结出一个个门阀的梦魇
一百零三年的惶恐国祚
有着太多老掉牙的泪点

时间就这样无情地消逝
冷风中崛起的一行誓言
点燃十六盏潦草的灯盏
企望能照亮遥远的渴盼

到头来一番深情回望后
才惊悚无比地蓦然发现
一场跛脚大梦就在眼前
躲不开甩不掉的政治秀
像一群龟孙在胡搅蛮缠

被精神武装的离乱杀伐
无意中沾了司马家的光
十六国蜻蜓点水的大手
操一把犀利失语的长枪
四处寻找看不见的沙场
它们要抵达的最后地方
其实是帝国落魄的心脏
十一帝重塑的审慎开端
被司马懿的子孙们败光
这种呼天天不应的乱象
是帝国肉眼可见的凄惶
司马懿从棺材里站起来
恐怕也会为此黯然神伤

五梁四燕皆非良善之辈
三秦二赵俱是饕餮群狼
短命成夏也非跳蚤蟑螂

他们都是可恶乱源恶浪
所有的证据都有力证明
这一大群来自北方的狼
全都是来者不善的巨蟒
它们的食欲与领土有关
它们的动作与权利相向
对于东晋偏安的狼狈相
它们更多的是诉诸刀枪
作为狼的本性一旦登场
它们每一口狠命咬下去
都是痛彻心扉的致命伤

群鸦盘桓
哭声凄怆
斜阳失重
血色登场
八王之乱
元气大伤
中原泣血
东晋无光

回溯当年的种种难堪
仍是心有余悸的悲叹

五胡全是拆台的龟蛋
八王均系夺命的乱源
汝南王司马亮一出场
东晋就卸去了原动力
成都王司马颖一亮相
皇上就没有了鉴别力
长沙王司马乂一挥掌
朝廷就丢掉了凝聚力
东海王司马越一发狂
皇室就丧失了免疫力
河间王司马颙一挺枪
江左就告别了吸引力
楚王司马玮断非菜鸟
动辄就是好一顿猛撕
赵王司马伦不是跳蚤
出手就是好一顿猛吸
齐王司马冏绝对暴躁
开场就是好一顿胡吃
弱小如江左的小蛮腰
怎禁得起这般大劫持

3

被潮水淹没的爱与恨
以潮汐拍打时间之殇
年少就已失怙的桓温
跟别人拼什么都擅长
就是不能跟人拼爹娘
凭着自爱的坚强意志
他磨砺出一身的胆量
为报父仇入虎穴砸场
那是血性的最好张扬
瞅准机会即痛下杀手
那是速战速决的吃相

为无辜死去的父亲讨一个公道
这本来是一件无可厚非的事情
可一下头脑发热不问青红皂白
就剥夺了仇家三个幼子的性命
这极端做法确实显得过于血腥
无辜的生命被褫夺得如此草率
这分明是丧心病狂的一种暴行
杀人凶犯以暴易暴这顶高帽子

戴在他头上大小合适不重不轻

一个滥杀无辜心理扭曲的杀手
要是没有吃过熊心豹子胆的话
恐不会轻易冒险结下这等大仇
借吊唁之事行刺杀之实的计谋
其实是背负恶名的不义职场秀
如此莽撞干出草菅人命的勾当
是以放任杀心来折自己的阳寿
这等滥杀无辜的恶性暴戾行为
实在是可恶实属有些考虑不周
似此等罪恶行径堪遭唾骂诅咒

桓温年少时期的这种鲁莽意念
早就注定了他日后的命运怪圈
肯定会是一条起伏不定的曲线
敢冲敢杀是命运赋予他的优点
他完全可以借助这种硬朗肝胆
顺利继承属于自己的精神遗产
但他漠视生命不理会他人哭喊
随意剥夺他人性命的蛮横武断
实在让人搞不懂弄不明看不惯

一个日夜想着如何以非理性手段
进行疯狂报复的人到底有多可怕
只有到过少年桓温杀人现场的人
才会从内心感到什么叫头皮发麻
所有看过少年桓温杀人的在场者
都会在目击瞬间明白人性的复杂

何谓人性弱点
历史早有论断
何谓历史内伤
时间早有定见
何谓快意恩仇
五胡随意出手
何谓小富即安
东晋见好就收

偏安不是避祸的硬道理
换不来长治久安的诉求
十六国无非是北国杂种
读不懂南方正宗的隐忧
桓温是东晋的一个异数
很快就将历史使命领受
驸马都尉只是一时快慰

权倾朝野才是他的金秋
干一件大事没那么容易
必须瞄准时机立即下手

4

青年时代就已崭露头角的桓温
被一个歪打正着的醇香狗屎运
不偏不倚砸得他脑袋瓜子发晕
这种可遇而不可求的冥冥天意
以出门即遇大贵人的无限精准
让他于公元347年明媚的初春
终于涌起湮灭成汉政权的潮汛

桓温手执锋利无比的宝剑
瞬间就砍断了成汉的残喘
他将亡命大涯的李势政权
直接殓入一具冰冷的石棺
误鸣战鼓是个搞笑的失误
却为桓温赢得了巨大胜算
幸有冷静的袁乔乘势督战
才换来了李势请降的局面
入殓石棺变成了焚烧杝棺

截杀李势变成了安置凶顽
归义侯的封赏权当是交换
顺便也安抚安抚吃瓜看官
晋穆帝收买人心的撒手锏
看起来很像是桓温的主见
静下心复盘一下整个过程
一切都很符合将军的三观

这真是一场过瘾的大戏
看得在场和不在场的人
都瞠目结舌没有了脾气
桓温这一决定性大手笔
迅即腾出来的空间领地
为缩手缩脚的猥琐王朝
截获了可观的发展良机
他以王朝救星般的呈现
为凄惶度日的跛脚政体
打造了初期的进步阶梯
也为自己最终逼废殷浩
奠定了雄厚的声名根基

桓将军立下的丰功伟绩
那就是秃子头上的蝱虱

一个再明显不过的事实
就这样以赫赫战功名义
直接将桓将军的精气神
提升到无以复加的位置
这一高度上呈现的印记
将桓温日后的开挂人生
顺风顺水推向登峰造极

晋明帝威武的乘龙快婿
谁见了都赶紧点头哈腰
那是神话人物般的存在
也是攀高结贵者的荣耀
真实的桓将军不苟言笑
他是杀人不眨眼的魔王
也是吃人不吐骨的猎豹
一般人见他会冷汗直冒

征西大将军的度身封赏
让桓温出手不凡的命运
从此以后变得青云直上
再没有任何飘忽的悬念
可以阻滞他的无限风光
声震朝野的历史性定位

刷新了时间吊诡的走向
为桓温充满传奇的人生
适时送去一缕春日暖阳
来不及收敛节奏的花蕊
为桓温的上位绽放奇香

5

公元354年的首次北伐
以兵临长安的战果奇谋
悬挂在历史垂青的枝头
为桓温拔得了赫赫头筹
驸马爷的名位就摆在那
这不是浪得虚名的浮嚣
如此有分量的皇家名号
它就像时间突兀的石雕
堆砌着显赫的尊严猛料
普通百姓只能心生羡慕
远远感受他的威厉肃穆
常人当然不晓得这位爷
实则也从荒烟野草庶出
靠着勇敢和智慧的加持
才获取风驰电掣的提速

公元356年的第二次北伐
以收复洛阳的漂亮成绩单
再次为桓将军的功勋点赞
眼前的那位姚襄首鼠两端
倒是不足为虑的败将瘪三
桓温仅动用了一根小指头
就顺利将小混混彻底干翻
让他人设崩溃的小人嘴脸
完全没有了当初那份傲慢

以战功说话不腰疼的桓温
因再次奉献出不俗的成绩
而被缩骨皇帝封为南郡公
这种高看一眼的崇高赏赐
一般人一辈子也无法企及
朝野有点常识的人都熟知
老丈人封自己的乘龙快婿
其实就是举手之劳的屁事
似此小菜一碟的鸡毛蒜皮
实则简单得根本不值一提
在别人看来难于登天的戏
桓温与皇帝老儿同声共气

就将细节处理得条条有理
此事对精明的晋明帝来说
简直就不是个事不足挂齿
起用战功卓著的桓温将军
须具备举贤不避亲的霸气
给能征善战的大将军位置
于国于家都是一件大好事

人不可能一辈子走好运
所有的好运都走完之后
姿态就有可能失去平稳
人生路径就有可能失真
步入歹运其实也合人伦
正如万物总有它的末本
人生得意时会高谈阔论
失意时则另有别的学问
走上坡路有些吃力犯困
这是再正常不过的旧闻
走下坡路自然轻快自如
这是任何人都懂的古训
桓将军参透了人间五味
因此他活出了生命意蕴

第八章 偏安江南的鼻孔像淤堵的下水道

1

公元362年的第三次率师北伐
出现这样一个大跌眼镜的实情
那位看起来其貌不扬的慕容垂
无端却成了桓将军命运的克星
一个看起来并不很显眼的襄邑
却成为桓温遭遇的首个滑铁卢
为他的功高盖世打了糟心折扣
替他曾经战无不胜的神话记录
突然间安插了一条异质的岔路

勿以成败论英雄
早就是陈词滥调
在残酷事实面前

许多人都变病猫
搬石头砸自己脚
一准是愚蠢脓包
在可怜残局面前
谁都会感到心焦
桓将军也不例外
遇挫折顿时暴跳
心情折射的坏好
其实没那么糟糕
自想自解的解套
才是厉害的实操

第三次悻悻然地劳师远征
虽然无功而返丢了点面子
但这来得不是时候的失误
还是被桓将军的智慧洗涤
冲得一干二净没有了痕迹
时间一目了然的明显缺失
也被桓温精准巧妙的手笔
顺利进行大面积销号隐匿
而未酿成大祸临头的憾事

2

破竹之势
已受暗伤
锐利刀锋
黯然颓丧
粮少兵乏的桓将军
茫然面对落霞残阳
顿生无限落寞怅惘
他内心装满了失望
脑海里挤满了悲伤
他脸上堆满了沮丧
眼眶中溢满了颓唐
花开花落毫无声响
他谋求篡位的雄心
迷恋一张龙椅之前
就已变得病入膏肓
必须进行改弦更张
才有可能获得力量
必须继续自省自强
才能摆脱被动洋相
获得全新路径保障

这无疑是个残酷世界
成败得失决定了命运
命运牵动着气韵精神
精神支撑着天下民心
这无疑是寡情的现实
快慢进退决定了前途
前途意味着人生命数
命数关联着成败胜负
牵一发注定会动全身
绝非偶然出现的谬误
事涉东晋帝国的乾坤
没人吞得下无妄灾苦

三次抓耳挠腮志在必得的策略性北伐
分明是三次磨砺勃勃野心的试水舞剑
桓温将军用它们赋予自己的职场历练
为自己接下来的精彩出场积累了经验
也正是这三次富有启示的片段式钻研
为他储备了足以擎天架海的真实内涵
让自己在年富力强时就获得力量沉潜
顺利打开了人生鲜衣怒马的锦绣开篇

公元354年至356年草书的风雨雷电
联手击伤了公元369年馆阁体的气派
苍茫暮色中胯下战马的三声惊天嘶鸣
只当是终点回到起点的一次尴尬摆拍
没必要花大力气去作太多无谓的感慨
流芳与遗臭本质上其实没有太多指代
不过是命运之弯拐得太小或太大罢了
对帝国原本就虚空的政体构成了伤害

穿过满山迷茫的野花和青草地
谢安与王坦之合谋的缓兵之计
正以打不死煮不烂的强悍基石
死死拖住桓温未及修补的病历
一场易如探囊取物的春秋大梦
由此被埋葬于野心围困的掩体
再也难以迎接直接翻盘的契机
再也难以见证属于王朝的奇迹

3

江南偏安一隅的自足鼻息
像一条淤堵的帝国下水道
再难畅通心灵伤逝的呼吸

许多看不见前途的老百姓
拖家带口对抗着炎炎烈日
着手晾晒东晋发霉的良知
他们翻动时间暧昧的躯体
用史识难得一见的节奏感
为已然糜烂多时的腐殖质
指认此前磨损的国家机器
东晋王朝日渐稀薄的阳气
裸出一孔青黄不接的玄机
那是时间接续不上的憾事
移植了太多虚饰的伪命题

官僚贵族坏朽的逻辑设计
其实早已经历阳光的透析
只不过他们还在想方设法
继续忸怩作态的各种佯装
半梦半醒间痒酥酥的梦呓
撩起爬满累赘的裤管睡衣
想对眼前复姓的酣睡鼻息
进行一次无谓的清淤盥洗

那明显带欺骗色彩的出场
还没获得时间真切的支持

就在一些花絮的簇拥之下
失去了单向度的精神角力
让东晋王朝孱弱的盥洗室
再次书写乌七八糟的败笔

那些发出吼声的求全责备
其实并没有省略太多程式
它们以爱护和庇佑的名义
做过太多无从解读的难题
却没法让已然崩坍的雨季
重新恢复绿色的自主呼吸

在涉及社稷民生的问题时
慵懒的朝政只是一个分支
它苟安于现状的散装本质
未能还原事件的全部真实
更不能好好冲刷历史淤积
它只能埋头装出一脸蒙逼
试图获取权贵的假意支持

时间就这样无声无息地流逝
留下一大堆难以清洗的血迹
让人们无法释怀自己的遭际

是否就是人世间最大的打击
更多的职责该推给东晋皇帝
它在面对五胡十六国作乱时
全然没有司马家早期的意气
它那死猪不怕开水烫的姿势
注定不会再有任何耀眼出息

装模作样隐居于东山的谢安
直到四十岁才重新出来做官
这并不代表他已经弃置争辩
也不说明他对朝政保持乐观
相反他这种韬光养晦的动感
让人怀疑他背后的真实意念
是否潜藏着不可告人的忌惮

更多的欲望经过他包装之后
悄然敛去了原有的凛凛剑气
他想在熠熠寒光的目的背后
浇筑一块属于他自己的领地
为即将开启的人生运行模式
纠集属于他内心的威武意志
撇开才艺和身世来打量时势
谢安屡辞辟命的一身真本事

还真让人刮目相看不敢轻视

光芒和铁锈欠下的不洁账单
催生了东晋偏安一隅的兴致
发霉的政体因缺氧太多时日
绝对养不出一代闪光的奇迹
当此人才匮乏的不堪年代里
谁若能请得动谢安出山辅弼
谁就能真正获取平安的福气

第九章　谢氏清淤队是王权忠实的守望者

1

群鸦盘桓
春秋代序
天色向晚
鸡鸣风雨

果实因来不及腐朽而酿造的琼浆
醉在历史呕吐不止的低调空间里
凭借百年乱象所带来的空前遭际
重新勾兑说不清来路的太多晦气
东晋褪色的朝政钟情于游山玩水
会稽山阴的东山是它的必游之地
携手王羲之许询等名士前往嬉戏
绝对是当年最好不过的上佳选题

读万卷书就像攀高枝
行万里路一如走亲戚
入山就是世外一高人
行走即为成语制造机
出世便是东山一隐士
入世即如宰辅登天梯

善行书通音乐性情闲雅温如春熙
处事公允而不居功自傲专权树私
这都是谢安当年独有的宰相特质
江左风流任平生之誉非浪得虚名
高门士族顾全大局服从晋室利益
则是儒道互补治国的最佳说服力

历史就是一个任人打扮的小姑娘
再好的玉液琼浆也可能风化变质
灌装大半斤后悔药到处叫卖私弊
算不算得上恍如隔世的良心发现
这主要得看历史老人的最后认知

当一切被掏空了真相的精神内核
再一次获得乱世极其草率的埋填

当一切被磨光了脚板的重大事件
再一次获得时间急不可耐的纠偏
东晋皇室就正式开始真正的内卷

以清谈得名的谢安按捺不住熬煎
他收回自己游山玩水的不羁之念
将屡辞辟命的散淡个性迅即翻篇
他婉拒王羲之许询支道林的约见
将藏匿于会稽山阴的那一座东山
再次从脑海里检索出来洗净晾干
随时准备以筑梦英雄难得的勇气
静静抓住局势最为适合的关键点
为自己收敛有余的非凡人生短板
彻彻底底做一次从头至尾的改编
游山玩水到四十岁时才正式出山
在他目测之下正好为时犹未为晚

谢安注定不是一个安分守己之人
他想在接下来的较长一段时间里
尽快适应并熟悉时势赐予的天机
他要为人生即将开启的使命意识
填补一个经得起考验的青春空隙
魏晋风流第一人如假包换的名号

是他今生今世最显眼的个性标记
东山再起忠心辅政的镇定与机智
是他为官之路上最为夺目的政绩
作为中国古代最潇洒完美的名士
谢安飘逸的书法为他增添了名气
作为东晋最为著名的政治家之一
谢安完全镇住了桓温的嚣张气势

2

桓温将军的热情显然很有说服力
否则凭谢安根本不问世事的持守
怎可能屈身去理会这俗世的应酬
征西司马的官帽显然还有吸引力
否则凭谢安一直心无旁骛的清修
怎可能低头与滚滚红尘默声合流

对于战乱频仍中脱胎的王朝来说
谢安的出山具有非比寻常的解读
当然万事皆有不同的本末和归宿
万物皆有不同的呈现与表达方式
有时即便面对有恩于自己的君主
内心世界所展现出来的思想目录

也不见得就会井井有条绝对靠谱

那些明显带个人情感偏见的傲视
只会让人在关键时刻失去判断力
以至于生成完全背离规律的大忌
比如前述桓将军旨在篡位的企图
就是个完全背离君臣逻辑的特例
政治家谢安处变不惊的那双天眼
必须能淡定看透咸安二年的迷离
与王坦之共同挫败他的非分之私
才能为险象环生的东晋保留根底
必须与琅琊王彪之联手对抗桓温
才可能保全东晋岌岌可危的政体

3

当公元376年浮肿的双眼皮
被一些精英的构想强行剥离
老皇历中被打了折扣的政治
便在别人浑浊不堪的眼眸里
发现谢安谢石谢玄兄弟叔侄
原来是善治王朝心病的神医
他们各自怀抱着过人的本事

忙碌在王朝荆棘载途的空隙
不服输的人设铺满朝奏圣旨
他们仙霞般璀璨的精神锦衣
在竭力辅政中做到尽心王室
忠臣携手一路开挂不遗余力
屡做建言劳心劳力不计得失
他们以刚正不阿的善政行止
照亮了朝野光彩夺目的传奇

谢安让人摸不着头脑的清奇
顺势接通刘卓之何谦的能力
让破秦大计得以无死角实施
谢安谢石谢玄一众叔侄兄弟
就是王朝危难时的英雄配置
这支清一色的谢氏清淤团队
是王权忠实可靠的绝对凭依

一支护卫军高耸超拔的守护
对一个岌岌可危的王朝来说
具有很重要的角色庇护内幕
这支杀伤力极其强大的队伍
在谢安这个总指挥的领导下
将淝水渗着百姓血泪的流速

连同那八公山上的花草树木
一起提升为有声的麾下心腹
替东晋国祚的延续挺枪逐鹿
企望能通过主观的人为救助
为王朝并不乐观的命运劫数
铺一条苟延残喘的无敌天路

尽管这些披坚执锐的士卒都没有姓氏
但他们坚强内心提炼出来的如虹气势
终为苻坚这个自以为是的前秦书呆子
做了一道以少胜多的清淤除垢补习题
细心的人们只要望一眼就能获得启示
大秦天王那本缀满小补丁的朽烂簿子
抄满了诸如王猛扪虱而谈的江湖字体
这些看起来似乎无关痛痒的细节末枝
其实是解剖历史事件最为有力的证词

千载堪记风流史
百年一瞬旧繁华
旧时王谢堂前燕
飞入寻常百姓家
如此优雅如此意味深长的诗意
该是风流云散之后的茶余后话

乌衣巷口那轮恹恹欲睡的夕阳
怎么也想不到从今往后的年华
烙印着自己升沉后的无数落霞

回溯王导辅政创立的东晋王朝
南北世族几多如烟的前尘往事
都认定他当年竭力润滑的奠基
确是一件不容小觑的巨大功绩
品咂一代名相谢安的光辉履历
朝中上下都不由得竖起大拇指
他们为这位完美男子行注目礼
实属发自内心的一种自主意识
史册中被排挤出局的佩剑余光
能否顺利砍断一根喋血的羽翼
取决于历史能否做到公正守志

第十章　柔媚之河衍生出改朝换代的匕首

1

眼下这不容乐观的糟糕情形
像风声鹤唳草木皆兵的场景
它还在不断上演劫难的阴晴
当此万物垂泪的最悲伤时刻
倘若再挖个放虎归山的深坑
就等于说天意亡秦难违天命
可谁又有能耐伸出挽救之手
挡住历史迈进的决定性行程

血肉渐趋模糊的公元383年
向时间交出简短的抒情诗篇
而后就开始浴血沙场的演练
朝堂上一种响彻云天的交响

由此击穿历史脸庞上的暗伤
用东晋中兴第一功臣的妙笔
写出与皇帝共天下的臭文章
为行将寿终正寝的苟安朝堂
顺利提供了一个体面的依傍

王导生死肉骨形同再造的神武
无论如何构陷荒唐出格的黑幕
也无法对形势构成丁点的消毒
五胡十六国梦魇般强加的痛苦
是王朝化灰也不会淡忘的耻辱
关于东晋国祚的顺利延续问题
已然走弱许多年的司马氏家族
真该好好感谢王导的倾力付出

关于接棒之后成长的种种艰辛
时间拥有没齿难忘的刻骨回忆
那些不能凭空捏造的史识显示
朝政上下其手演绎的半壁荒唐
其实是对历史最为无情的讽刺

2

岁序更新
风情褪色
群鸟失声
山川染疴
唯有七月季节的晚风
还在挖苦历史的皱褶
并给迷途的代罪羔羊
疏导一条带血的沟壑

然则历史终究如逝水缓慢倾泻
不管它如何竭尽全力执意挽留
终究留不住那一江东流的决绝
它眼眸中失宠已久的滔滔淝水
很快就被软弱的血流拦腰阻截
倒春寒的时间抹去记忆的边界
将东晋十六国短路的疯狂心结
强行拽出朝政失血流脓的死穴

这是一个声嘶力竭的章节
所有的文字都已准备妥协

只等政体失声的安魂名帖
撩起更多痛不欲生的关切
继而摊开更为难堪的年月

这是一条心情复杂的河流
它貌似刻板的惯常流速里
蕴含似有若无的经验肌理
它要通过陈年的涨落苦逼
解密属于朝政的仓皇涟漪

3

一条柔若无骨的河流
就是一段断肠的忧愁
它一旦快速强硬出手
就会衍生为冰刀匕首
插进苻坚燥热的深喉
替自己淤血般的恩仇
刷去半生惨白的遗留

作为一个替死的断章
淝水拒绝了一切签约
并咬定自己心意已决

绝不示人以柔弱残缺
绝不接受时间的嫁接
绝不与黑漆漆的狗血
达成任何实质性妥协
它拒绝一切风霜雨雪
拒绝所有无效的走穴
拒绝一切虚伪的卑劣
拒绝所有虚幻的剐抉
它以揭秘的隐性折页
打造精神基因的密钥
开启东晋弱智的心结
谜底一般人无法理解
也寻找不到其中细节
在与年号对应的当下
它也可以是智慧之手
强扭出来的一根苦瓜
它将浴血的前世今生
换算成轻飘飘的抵押
它一生中最大的悲哀
就是被苻坚贸然上架
返销王朝骨折的年华

清虚淡泊的悍将谢安

如同获得神性的开挂
他将东晋弱质的乳牙
顺利造出罪人的长枷
带着水流余响的晚霞
并没因为时间的发芽
而阻滞王朝前进的铿锵步伐
相反正是由于这场戏水大战
将谢玄谢安谢石的神勇骏马
拴到了前秦寥落的宫廷府衙
同时还成就了司马曜的规划
写下将皇权收回的一段佳话

殊不知政体已然腐朽
王朝已然失去了光泽
无题的帝国上层建筑
随着一声强拆的断喝
轰然倒塌在时间左侧
以少胜多的历史概率
透过淝水嘁声的巧舌
获得幸运之神的切割
一个慢性走弱的帝国
由此担当起全新主角
开启东晋的高光时刻

司马曜是该感恩谢家
才有偏安江左的资格
更多的异样风光湖泽
需要足够智慧去取舍
才能开出梦寐的春色

4

谢安当然是如假包换的神话缔造者
他以区区八万削足适履的精壮主力
顺利撑开苻坚百万大码的那双敝屣
如果他没拥有神仙附体的超凡矛戟
绝无可能快速刺穿如此巨大的威仪

那些平日里看起来不太作声的人物
一旦将身上的本事露出来抖搂一下
往往会绽放出让人意想不到的奇葩
那些平日里看起来不爱说话的哑巴
一旦拥有了真正属于他们的发言权
其结果往往有一种出人意料的应答

司马氏政权出乎意料的最亮丽底色
在于谢安淝水之战以少胜多的表达

将四两拨千斤能耐演绎得出神入化
那是东晋能否存活下去的冒险玩法
设若谢安没有一口犀利的铁齿铜牙
东晋王朝根本不可能拥有偏安身价

历史大体上还算是一个公允的载体
谁都可以轻而易举地对它实行审视
而不会遭受到任何力量的公然阻滞
无论你是哪一种级别的神仙老虎狗
都不能从回炉的角度进入它的领地
时间既不能拒绝又不可收买的品质
成就了它柔情似水坚如磐石的风姿
时间断不会贸然为任何人撑保护伞
当然也不会为任何人提供免费主食

关于个体意识呈现的种种可疑迹象
每个人的开场白都蕴含着不同气场
尽管东晋并非一气呵成的瞬间荣光
但从谢将军拔山盖世般的巨大担当
就扳倒苻某人号称百万的前秦虎狼
顺利为王朝赢得数十年和平来考量
谢安确是一位具有超凡能量的猛将

第十一章　撬动历史之人同时兼任支点角色

1

东晋的清淤工掏粪工排污工
纷纷插上病态的翅膀或尾巴
摇身变成献媚的鹰犬和爪牙
这看起来虽是个无聊大笑话
但终是顺理成章的真实标靶
这些个摇尾乞怜的鹰们犬们
其实也不是十恶不赦的角色
它们只是朝廷的狗腿和蟒蛇
平日里干点儿看家护院的活
抑或吞食一些无辜的鸡鸭鹅
关键时刻作些狗仗人势的恶
他们还算是合格的食利门客
像现如今常见的既得利益者

常人看不见他们的真实人设
自然就无从分辨他们的底色

这些鹰们和犬们殷勤有加的开掘与排他
在苻坚帐下一个叫朱序的反角配合之下
以卖主求荣的反讽设置倒行逆施的关卡
使小半段原本由司马曜冠名的皇权堤坝
侥幸与八十七万把闪着冰冷寒光的利斧
顺利地索取了一个擦肩而过的意外筹码
这确实是一个让人为之感叹的旷世奇葩
谢安身上一言难尽的含金量究竟有多大
这是一件非常考人非常值得深究的问答

2

群鸦盘桓
天空很空
史识低垂
难分西东

作为当朝闲散多年的孤例
谢安自然有其牛掰的魅力
他踏入正轨后的锃亮履历

闪耀的光芒简直无与伦比
他再也不能降低生命品质
去迎合司马氏无序的承袭
他飞驰于月夜的杀伐霸气
像一架无须加油的永动机
随时押韵刀光剑影的锋利
他再也不能减持朝政存量
去抖擞原本就失衡的政体

速度和激情诞下的宁馨儿
联袂为谢安经典性的出场
发出了一声戏剧性的哭腔
库存在他脑海的剑戟刀枪
挥舞决战到底的血色狂想
一种超越梦境的高蹈独唱
很快填满他前半生的空当
明眼人心里都会发出感叹
那是一种非此即彼的选项

一个气场足够开阔的强者
想要开启属于自己的时代
他一定会费尽心机去尽责
不达目的绝不会轻言取舍

谢安作为撬动历史的杠杆
他所担当的却是支点角色
无可退却的人生进取功课
造就了他奋发图强的性格
基于对司马氏王朝的垂怜
他总爱在践诺中苦中作乐

谢安当然不可能安于现状
作为一个能屈能伸的大将
他身上所散发出来的能量
几乎没人可以与之相颉颃
他惯以四两拨千斤的巴掌
拍响属于自己的政治理想
他惯于从与众不同的角度
完成人生最为得意的上岗
一个意志力坚定无比的人
心弦随时拉满出征的武装
即便拥有稍纵即逝的机遇
他必定竭股肱之力去抓抢

3

那些以征伐为乐事的男儿好汉

怀揣的目的性足以将历史掀翻
他们是一群善于察言观色的主
心里藏着掖着不可告人的预算
一旦形势对他们展示不利一环
他们会立刻转动原来的方向盘
急急远离偏航主流的危机险滩

汉子们是一群善于逐肉的虎狼
他们常以吃人不吐骨头的思维
不停发酵属于个人的美好狂想
他们喜欢以多渠道发声的怪腔
到处撒开无中生有的谣诼罗网
试图捕捉那些毫无戒备的旱蝗
他们难掩野心的目的性非常强
强得让世人无所适从猝不及防
强得让人猜不透他们内心深处
究竟藏着怎样难读的诡异波光

洛涧大捷也好
淝水之战也罢
就像犀利虎牙
随时撕碎营栅
不管生还是死

都躲不开诛伐

无论真抑或假

都逃不脱斩剐

用兵如神也罢

势如破竹也好

都属能力稽考

随时接受撕咬

无论围还是剿

都跳不出圈套

不管躲还是逃

都免不了烘烤

关于触手可及的胜利快感

一旦堆上时间匆促的老脸

它们所极力酝酿出的官宣

随时都可能会以惊涛骇浪

掩埋前朝衣冠南渡的遗言

谢安身上发散出来的正能量

绝难一两句话说得明白通畅

他山呼海啸掀起的威厉杀伤

掀翻八十七万条秩序的疯狂

让它们一个个在失魂落魄中
找不着自己葬身的最后坟场
即使对手是投鞭断流的铁军
也难逃谢安神机妙算的刀枪
八十万一百万其实一个鸟样
一截中看不中用的数字盲肠
他们都是谢安瞧不起的糟糠
即使每人吐一口淬毒的唾沫
也能淹死这群庸碌的屎壳郎
史实爬不过谢安谣诼的高墙
去实现一举拿下对手的妄想
只能展示伤口明晃晃的血光
以掩饰人算不如天算的智商

一个毫无疑问的事实作为前提
就这样挤进了所有对手的眼里
谢安的巨大能耐确实无可匹敌
他编造的那条无足自走的哑谜
越过目的性极强的流言防护堤
就让八十七万凶狠的虎狼之师
瞬间化为一摊血肉模糊的烂泥
糊不上建康旧城墙斑驳的缝隙

这种非常规化运作的神话概念
很显然是值得期待的饕餮大餐
对手貌似极为诱人的精神盛宴
以杯盘狼藉结束了最初的官宣
一群完全丧失思考能力的猢狲
瞬间就以机灵的身手一哄而散
他们各自撤出危卵险境的瞬间
也完成了本来面目的真实呈现

一百零四圈年轮述说的沧桑变幻
竟然敌不过职场骗子的一句诳言
这无疑让苻坚发出一声扼腕之叹
这辈子倒血霉还是芝麻小事一件
但愣让他碰上这么一支发瘟利箭
这铁定是一桩防不胜防的大冤案

掩卷深思的人们闭上双眼
也许能发现这个狗血片段
有时候历史所注定的必然
竟会以一句玩笑作为开篇

第十二章　风光谥号站在死神面前觳觫不已

1

谢安的问题其实一点也不算繁复
他晓得自己在该退场的时候退出
提前为自己预留一条退路或出路
这就是他为何总能凭借刁钻角度
出人意表地获得胜人一筹的开悟

谢安的脑筋如此这般好使的能耐
在于他总能及早预测到危机所在
而且又能顺利排除其潜在的危殆
他的好运气之所以一直如此出彩
在于他具备精准把握机遇的天才
且又能将绝佳机遇化作最好平台
为自己如有神助的开挂人生路牌

赢得一次又一次盆满钵满的买卖

当然谁都不可能一辈子占尽好事
谁都有可能遭遇命运的闪电霹雳
关键看你有没有抵御风险的能力
除了老天爷随手一掷的随机运气
还得看你有没有化解困局的本事
仅从这一角度进行把脉
怀揣人生大抱负的谢安
无疑以其独一份的气概
为那些所谓的草莽英雄
做出了石破天惊的表率

桓温篡位的黑色企图
是摆在朝廷面前的坎
谢安必须联合王坦之
建一个犀利的朋友圈
磨砺一支绝育的弓箭
将此妖风的脐带射断

2

至于战后因功名太盛而被孝武帝猜忌

不得不迈步前往广陵任上避祸的无奈
那是时势使然教人丧气的不测路径了
根本不能定性窝囊抑或不窝囊的悲哀
许多一击即碎的向往撤出时间的舞台
潮湿的心情有时比干涸的渴望还埋汰
看见有人补刀千疮百孔的偏安小王朝
将军内心筛子似的痛楚比在朝还难耐

作为君要臣死臣不得不死的深刻遗憾
谢安不得不穿过太元十年的那场黑暗
从一场药石罔效的重病包裹下的职场
极其沮丧地重返自己当年的伤心彼岸
他旋即以六十六载肉眼看得着的伤逝
不得已颤巍巍抱憾提前到阎罗殿备案
滴血的寒心被比死还难受的围剿榨干
以一种令人扼腕叹息的刻骨铭心之痛
向世人展示时也运也天意难违的诘难

再高的馈赠再风光的谥号都显得多余
死亡其实是一次永逝不再的可怕宰杀
它意味着生命的背景从此无限期虚化
变成乌有的还有光彩夺目的半世繁华
谢安拥有再大的抱负也没有苟活办法

阎王闪了念要将一个人一笔勾销的话
手无寸铁的谢将军纵然有天大的筹码
也只能与空气过招与败血的阴谋比画
待一切变成了过眼烟霞
他怀抱无限感慨的盔甲
也只能被按在地上摩擦
做一些绝望的反抗挣扎

阎王爷可不是讲理的主
管你庐陵郡公还是太傅
只要两脚一伸到了地府
人世间的一切荣辱贫富
就全都以太虚幻境论处
徒留下三几页无字天书
聊以记录几声呜咽号哭

如此可怕的生活主会场
没有不舍值得流连悲怆
人的生命在苟活中晃荡
像一根有魂无魄的拐杖
无助摇曳着卑微的哀伤
瑟瑟寒风一旦刮落残阳
生命就得立马黯然退场

性情闲雅温和又当如何
处事公允明断又能怎样
到头来还不是照样遭殃

即使宰相气度又当如何
便是儒道互补又能怎样
临了还不都是一枕黄粱

不专权不树私又当如何
不居功不自傲又能怎样
临了还是竹篮打水窘相

便有天纵之才又当如何
通音乐善行书又能怎样
到头来照样以横死收场

向死而生当然要强调质量
作为世间的一个必然选项
任谁都不能断然拒绝死亡
任谁都无法拥有幸免存量
谁也不能躲过死神的追光
阎王的箭镞必将命中靶心

殷红血滴就是世人的心脏

关于死亡这一严肃话题
没有人愿意轻易去触及
所有人最终都难逃一死
但又无一例外需要正视
对仅有的生命必须珍惜
方具备自立的生存能力
才拥有向死而生的勇气

所谓人生在世草木一秋
绝对是天道轮回的真理
谢安作为英雄纵横半世
拥有着辉煌履历的加持
他能举重若轻对待得失
同时还参得透生老病死
这无论从哪一角度审视
都够得上划时代的特质

3

谢安形容枯槁
终夜枯坐苦熬

灯下冥想思考
不禁心生寂寥
官场太过残酷
人生常遇暗礁
生活实在枯燥
生命过于弱小
横竖都是白跑
莫如顺势躺平
无悔青春不老
不枉当年开窍
正合收山退潮
从此云散烟消

谢安半生任侠
遍尝酸甜苦辣
所历大小杀伐
无不卓绝牛气
每战不避艰险
常与死神掐架
躲过诸般恶煞
誓与凶神分家
绝不贪生怕死
险胜阎王一把

保全朝廷面颊

成就人生开挂

谢安一身正气

两袖骨骼清奇

绝非贪生之徒

安有怕死之理

唯求死得其所

彰显勇武行止

不是苟且之辈

唯知晴名当惜

谢安闹不明白

时间的防火带

为何这般破败

他心里很纳闷

历史的小口袋

为何大开特开

里面所填所埋

尽是苦难悲哀

时间的封口费

为何这般昂贵

人前人后所见

全是狼心狗肺

似谢安这大才

超越了醒与醉

看透了罚与罪

为何到了后来

仍难免洒清泪

没人弄得明白

生既这般颓废

死又如此悲催

莫非一切苦累

早有铁律清规

莫非光鲜狼狈

老天早有标配

眼前摆着基本事实

管你英雄抑或狗熊

一旦死神发威逞凶

谁也无法贸然搬动

属于东晋的大编钟

它正以响亮的誓言

为谢安辞世的合颂

献上象征性的落红

一旦阎王出面拉拢

谁都无法作哑装聋
开展生离式的变通

死别难免椎心之痛
谁也没有复生之宠
世道常见千疮百孔
谁也不能方圆以用
时间以其浮名指数
勾兑一茬复式葱茏
没有人能息影填空
获取史识中的尊荣
珠水流露呜咽生趣
历史一再出面折中
有山有路来去匆匆
善始之人未必善终
至于死得好不好看
全凭前世造化之功

第十三章　异域兵马悄然磨砺一把野心杀器

1

群鸦盘桓

夕阳西下

传奇也好

神话也罢

一切因缘

皆属乾卦

接受天意

才是王炸

所有繁花

俱为坤卦

拒绝蹂躏

乃见造化

权利的角逐那是历史既定的参数
血腥不能自行解决问题找到出路
血腥只是泄愤手段不属真正救赎
血腥不能自行洗刷任何罪恶渊薮
那些看起来义正词严的成败胜负
其实早已在历史涛声中陷于倾覆

那些攀附锋刃的对决与持守
早就忽略了百姓常见的血泪
只在时间给出的理性答案中
无奈接受了历史严苛的问罪
史识承载过太多的雨雪霏霏
唯有大地看不见的内敛卑微
才可能真正读懂人心的向背
去阐释历史颠顶的一页吊诡

花开花落昭示百年沧桑
哽咽落泪已然无济于事
西出阳关的三百里流沙
被吕光的巨大决心倒逼
那被迫停歇的莽莽心迹
该是怎样一种洪荒之力
才可能实现的强硬制止

苻双苻庾苻武苻洛苻柳
只是几只爱汪汪的小狗
伸出无影脚将他们踹走
这是吕光脚力的职场秀
蒲阪上邽陕城安定益州
只是前路上的区区关口
略施小计使之乖乖束手
毫不费劲将之逐一斩首
这是吕光手力的再体现

吕光心里曾无数次思谋
对这些外强中干的蜉蝣
决不能心慈手软留活口
这些所谓的银样镴枪头
都是不堪细嚼的小肉球
压根不够塞牙缝下小酒
吕光那双冷冰冰的眼眸
瞬间能将他们击落穿透
赶尽杀绝是吕光的首秀
吞山吃海是吕光的追求
在前秦与后凉之间漫游
屠戮是另一种春种秋收

历史池养的一群小蝌蚪
压根就不是吕光的对手
没人能说出池水的忧愁
究竟藏着怎样的大气候
弥合社会裂痕的黏合剂
黏得了沙场的滚滚血流
却黏不牢小王朝的扁舟
历史喉结吐出一声断喝
镇住了荒唐的角色争斗
却杀不完满朝食禄禽兽

2

历史总是这般面带风霜
沧桑之眼总是老泪轻淌
怀旧的人们也许都晓得
那是时间的馋涎在感伤
它虽然没泛起惊涛骇浪
却可以淹死所有的真相

时间的序曲由野心领衔主唱
但它却协奏不出太平的交响

淝水之战前夕的一个练兵场
笼罩着莫测高深的一道奇光
在没有半丝征兆的眨眼之间
焉耆龟兹瞬间拉黑西域之殇
连人畜牛马眼里都泛着哀伤
极不情愿归附于前秦小朝堂

时间沉重的背囊装得下历史的遗憾
却怎么也装不下东晋发霉的小感叹
眼尖的人透过一场犀利的战术俯瞰
只见吕光那套环环相扣的钩镰阵势
像一把锋芒上闪着透骨寒光的剑器
将龟兹国王重金收买的七十万骑士
统统砍断他们踏踏而来的野蛮铁蹄

那些嘴角边滴淌着馋涎的异域骑士
无一不是野心磨砺出来的杀人利器
历史再一次以无可卸责的血迹证实
任何基于野心膨胀而引发的大比拼
都是钩心斗角开倒车的耻辱大写真

3

志得意满的公元384年
步态显得如此轻盈自信
来得很及时的苻坚死讯
充斥着难以自持的呻吟
让眼前的悲剧陷入深沉
倘非吕光稳操胜券抵临
后凉晃荡着脑袋的留存
怎会以一次绝佳的临盆
生产这许多轻飘的灵魂

占据凉州之后驻兵割据
是最好不过的抉择器宇
那接驳极佳的时风时雨
简直是天衣无缝的绝句
让人读出一串破绽絮语

自称使持节侍中督陇右
那属于客气的低调作秀
更好看的戏一定在后头
需要鼓足十二分的勇气

瞪大牛眼垫高脚跟猛瞅
才能看见黄澄澄的金秋

中外大都督河西诸军事
随性的叫法像一场儿戏
没多少值得炫耀的价值
沙场所辑录的所向披靡
风一样拉动历史的视力
论功就得安排实权实职

大将军凉州牧与酒泉公
那是象征性的安慰赏封
小试牛刀有此绝佳尊称
也算功名赋予的好前程
英雄本色绝非缥缈虚空
够胆在太岁那晃悠乱动
有种将王朝年号砸个洞
那是吃了豹子胆的指控
老子不弄死它天理难容

4

瑟瑟发抖的公元389年

摆明是一本任性大词典
一个叫三河王的新名片
以麟嘉之名被历史摘编
它堂而皇之的所谓巨献
实则是蹩脚的撞彩偶然
那令人警惕的危险事件
确实需要进行及时纠偏
否则所有不纯洁的募捐
都是一早有预谋的诈骗

野性难驯的公元396年
拥有太多不确定的阴天
一颗叫天王的硕大邪念
由此膨胀成大凉的截面
它假借社稷江山的马脸
长满阴谋得逞后的雀斑
它假托苗正根红的狗嘴
吆喝着貌似正版的新篇

龙飞命名的年号略显牵强
它偏离了九五之尊的真章
太将自己当一回事的吕光
他果真能镇住蹩脚的龙床

一个歪歪扭扭的病态问号
噩梦般横亘在历史的眼眶
新王朝耷拉着荒凉的目光
眼里全是不着边际的迷茫

第十四章　叛逆是卡在历史喉管的一根倒刺

1

只要时光适当叛逆那么一点
历史就有可能重新开始溯源
以梦为马虽然只是潦草落款
但这是时间的一种必要逆转
只要这种逆转还有一点空间
事情的前因后果和光芒截面
兴许就能因此朝着反向还原

善良的人们睁大眼好好看看
印度老和尚鸠摩罗什的规劝
正涂着神秘兮兮的恐怖色斑
赫然展现在吕光迷糊的眼前
那是精神属性背后的小光圈

框定的一次意义非凡的参禅

那些裹着信仰光环的旗帜
亮出超越时空的奕奕神气
它们逆风飞扬的飘逸品质
像一本经书上骚动的启示
点亮吕光鸟枪换炮的奇迹
骁勇善战是最耀眼的征衣
美阳县令起家的前期履历
朝着鹰扬将军高速度飞翔
而后就有里都亭侯的加持
苻洛苻重李乌的叛乱起义
必须坚决予以镇压和平定
才能够彰显宣昭帝的封赐
不是一种毫无原则的宠溺
带兵东归消灭凉州梁刺史
是占据姑臧自立的硬实力
踏平张大豫彭晃康宁王穆
是对割据势力实施阉割术
比其他任何征伐都有建树
然而智者千虑还是有败笔
杀害忠臣沮渠罗仇的招数
就是欠考虑的一次大失误

随之而起的各大势力反扑
就是得不偿失的沮丧批注

2

遥想早年毕恭毕敬的虔诚
至今还叠加着理性的筹码
在佛光闪烁其词的引领下
胜券在握的吕光奋力一抓
就用两万峰兴冲冲的骆驼
驮回不计其数的金银宝匣
一批神头鬼脸的禽兽奇葩
瞪大好奇懵懂的双双大眼
造就各自有趣的迁徙佳话

一万匹名贵无比的大骏马
跟随着龟兹歌舞团的步伐
披着轻盈飘逸的霓裳彩霞
在文化交流节拍的配合下
迎来暖意融融的锦绣年华
没人懂得它们的具体计划
是想深入那个神秘的国度
去取得何种有价值的真经

弘扬顿悟何种庄严的佛法

远方之远永远都属于未知
远方的一切根本无从研习
鸠摩罗什是一个经典传奇
这位与玄奘不空真谛一齐
被尊为四大译经家的汉子
都是如假包换的佛法大师
天竺才是他的佛籍所在地

这支龟兹籍贯的如椽大笔
写天写地写人写佛写太虚
一早就注定他不俗的命运
总在不知不觉间创造奇迹
他超一流品质的早慧大智
比其他大德高出一着好棋
博通大乘小乘的天赋异禀
使他比常人多了几许神气
似此难得一遇的法界才子
一旦被吕光那双慧眼亲昵
后秦弘始三年的长安大地
就成了最虔诚的有福之地

《大品般若经》《法华经》
那是大德口口相传的禅意
足以熏走中土的俗根土气
辑录经书不落俗套的肌理

《维摩诘经》《阿弥陀经》
那是佛陀得意的传世血气
足以启迪百姓愚鲁的认知
改编红尘已然泛黄的皇历

《金刚经》显然也在此列
它代表着佛法的经典心智
牵一发就能触到波峰谷底
散佚凡间深不可测的浊气

《中论》《百论》《成实论》
论论皆为龙树中观的正统
任何偏门都不能与之对冲
填补人世清规戒律的空洞

《大智度论》《十二门论》
哪一论都属于智慧的法轮
每一轮冷静智慧扩散留痕

足以见证经卷不朽的青春

《中论》《十二门论》滔滔《百论》
之所以能够成为三论宗的主要凭依
是因为它们兼具了哲学思维的睿智
有着一般经卷难以超越的黄金质地

《成实论》作为成实派的首要源流
它口中所传授的四谛五阴三心征候
显然具有超凡脱俗之后的禅意理由
众生由此找到一颗永不熄灭的星宿

《法华经》作为天台宗的主要法例
它内蕴中人皆可以成佛的宽广含义
明显具有出淤泥而不染的泛爱品质
堪为虔诚向佛之人提供深刻的指引

《阿弥陀经》作为净土宗所依的三经之一
与表里同质的《无量寿经》《观无量寿经》
以佛门铁三角般高度契合的最佳文本造型
描摹出净土三经最为光鲜亮丽的佛性丽影

3

西方极乐世界那种诱人遐思的万能境界
依报世界与正报世界暖烘烘的种种殊胜
联袂牵引众生生发念佛净土法门的属性
万能佛陀揣着无悲无喜无色无味的心境
对眼前这位无恩无怨的舍利弗尊者倾情
在大千花花世界里佛法无边的正西方向
跋涉颠沛十万亿诸佛国土乃算正式启航
那机灵闪现着的迷人世界是为极乐天堂
而极乐天堂里有一个大佛名曰阿弥陀佛
他总在正襟危坐现身说法普度众生无恙
在这个包罗万象无限美好的极乐世界里
有七重栏楯七重行树七重罗网七个宝池
让趋近这里的灵魂获得举重若轻的加持
有八功德水四色莲华七宝楼阁绝世风姿
让向往这里的众生顺利脱离苦厄与悲戚
一念天堂一念地狱并非无聊的诳语深谜
佛陀世界就是这般似有若无而莫测神秘

风吹罗网
疑奏天乐

众鸟鸣唱

法音佛歌

有缘之人

遵伦守常

观此法轮

如闻乐章

念佛念法

念僧法相

微风轻拂

行树罗网

出微妙音

乐谱清响

此等法音法轮罗网法相

一旦超脱红尘诸般厄殃

就像千种天乐同时流淌

又似异样天象齐发奇光

缭绕着让人百听不厌的仙乐气象

有缘人听到天上有地下无的仙音

自然会生出崇佛敬佛的清净向往

那种享不完的福报就是普度慈航

道生僧肇道融僧睿佛门虔诚弟子

以什门四圣至为崇高伟岸的声望

接受着普罗大众崇敬有加的赞赏

如梦如烟的仙音一旦缭绕于法界

万物的记忆就会重现奥义的光芒

4

外遭侵蚀

百孔千疮

内罹祸端

人心散场

公元399年叛逆的速度

感受着春天体温的微凉

以一种极其果敢的姿态

逆行在没有标识的路上

一条短信息显示的违章

驾驭着风驰电掣的哀伤

买通了历史的昏花老眼

获得了时间馈赠的流量

吕光孤零零的一息遗训

这回只当是耳边的风响

不可能留下太多的怅惘

因为没有人听到吕光的微弱肺泡

究竟从何处发出似有若无的信号
因此他那句一团和气则万民福报
自相残杀则凶祸必现的唬人预告
才不幸将他的几个不肖儿子撂倒
从而直接沦陷为频遭报应的恶兆

眼前这一切不可预知的倒霉做派
统统被时间世故老手的经验姿态
合并成史识中最为悲催的三角债
再没谁站出来替吕光说句公道话
更多的人指指戳戳对他百般责怪
吕光必须打掉牙齿直接往肚里吞
才能真正体会到众叛亲离的埋汰
唯其如此他才可能为自己的幽怀
找一个相对冠冕堂皇的理由出来
为自己多灾多难的人生际遇默哀

第十五章 以雄性线条致敬伟大的中国方块

1

时间的脚步依然是那么悠闲自得
早起的王羲之推开一扇草体的窗
他的目光漫过东晋安于现状的墙
在自家清凌凌长满水草的鹅池旁
与一大群谦逊得无以复加的汉字
惺惺相惜于翰墨磨砺的一处柴房

谦卑的汉字们
像乖巧的孩子
对着王羲之笑
它们的笑容里
藏着落霞晚照
喝墨水的大笔

为之笑弯了腰
它们心生欢喜
彼此盘腿闲聊
筛一壶碧螺春
茶香如缕缭绕
一旁的王羲之
放下手头狼毫
用简单的线条
编织生活味道

作为汉字结体最为谨严的笔法
王羲之粗陶纹饰的蓝色忧伤里
长满了持之以恒的点横竖撇捺
它们像接受过素质训练的孕妈
不厌其烦地用节制的纤纤十指
轻轻将指缝间稳健的谜团解答
很显然那是骨架结构的大产房
里面躺着嗷嗷待哺的幼小希望
它们聚精会神地吮着娇嫩指头
接受历史检阅最为庄重的奖赏

王朝最美的青春期
通过描摹水的声音

获得了完整的启示
汉字们短暂的哭啼
洞穿翰墨隐形之香
截获了时间的密电
破译了审美的真相
关于艺术的关键词
汉字是坚定的读者
它们像一群真汉子
每一个矫健的站姿
都是一种生命呈递
主人全身心的爱抚
不断以父辈的形体
深化着方块的认知

2

一个性格倔强的象形字
就是一座挖不完的富矿
里面有着可观的储藏量
线条是连绵不断的山川
结体是剀侧跌宕的崖肠
思想是俊逸托举的河床
寂寞是落日浑圆的思想

如果说时间交出的抒情
最终取得了历史的回访
那么文字搭建的翠羽帐
必将入住方块字的造像
而那些经验匮乏的结体
最终以鹅池的经验讲堂
表达汉字沉甸甸的立场

闭目养神的目击者王羲之
以梦中典雅清新的行草体
构筑兰亭令人心仪的诗意
他奋笔疾书时的优雅姿势
值得所有后来人仿效临习

王羲之淡然如水的生命里
摆满被墨香润泽过的古籍
它们无须太多飘逸的气质
就能读懂时间宽厚的日志
远处如黛的青山一声不吱
它脱胎换骨后的坚实沉寂
证明了这样一个基本事实
被主人抚摸过的方块汉字
依然拥有令人鼓舞的长势

无情岁月伸出它茁壮厚实的手
就能采撷到里面的自尊和贵气
细腻的抒怀文字几乎触手可及
它们亲切得像家中的姐妹兄弟
没有什么沉渣泛起的威权势力
能够折扣他们之间的血缘关系
眼前那摊沉着稳健的状物墨迹
和蔼可亲得像府上的二哥三弟
没有哪种沉雄悲壮的刀枪剑戟
能够损伤他们天圆地方的祖籍

3

缄默不语的阳光
低着静默的头颅
它丧失听力之后
像炙烤过的静物
不再为任何过往的迷糊
操心那无从捡拾的反刍
画框内隐秘的后花园里
只有晌午不设防的鹅池
还在吐血热烈的羲之体

喧腾不息的动乱朝野
继续翻版前朝的荫翳
像一部极粗糙的影集
侧击时间的种种古迹
纬度很低的昔年记忆
没法解读正面的质疑
关于艺术空间的揭谛
墨香之外闪光的露珠
是冷焰般热烈的谦辞
解构汉字一世的皈依

午后的小憩虽显得有些慵懒
无眠的狼毫却依然凛凛生风
入梦的王羲之以刻意的颓废
向世俗表达他的另一种豪横
只要把握汉字最根本的要义
就能获得时间最光鲜的认同
一个个机灵活泼的铮铮汉字
挦起自己光被四表的长袖子
希望舀取长江里的一勺希冀
挥泼一首足堪千古的场景诗
它们用自己大写的艺术气质
结构出书学精神屹立的意义

王羲之的苦心笔笔赤诚清晰

一横，日月经天

一竖，山河纬地

一撇，百步穿杨

一捺，千里单骑

4

陶缸里仅有的墨

已经被完全喝光

秃顶的老迈汉字

只好沉住一口气

将夕阳之血点燃

借助猎猎的大火

烧红悲壮的躯体

淬炼一生的技艺

一杆巨大的狼毫

像一根定海神针

醺然斜靠于照壁

它沉甸甸的醉意

来自殷实的心底

笔画伸张的正义

支撑时间的骨气

它右侧的风景疏朗有致
充满了想象的逼真容仪
那哔啵燃烧真情的骨质
像一根干爽憨厚的荆棘
容易让人忽略他的梦呓
是否被一群汉字所宠溺
让人疑心他醉意的持守
是否也在冬日的寒风里
凉透了时间失眠的心迹
千年前罹患的翰墨风湿
让家国溺陷泥淖的宿疾
瞬间裹满湿漉漉的晨曦

一群昂首挺胸的白鹅
浮游于清凌凌的池面
它们以慢悠悠的姿态
迎迓自己生命的珠胎
它们心情复杂的主人
在每一个降维的地带
都能瞥见动感的墨海
涌动书圣顶格的行楷

时间以自己不老的容颜

永驻于历史年轻的空间
那些逸动的点横竖撇捺
像书圣家听话的小捣蛋
各自抱一册线装的经典
一早就在草堂顾自推演

无数种点睛欲飞的诗意形态
联袂向世人们推崇中国方块
典籍里那些安详的圣哲天才
都长着一副宽厚包容的虚怀
他们一个个伸出宽厚的手掌
轻轻抚摸东晋朝粗糙的脸庞
就能发现魏晋风度绝非虚妄

历史壮阔无比的潋滟波光里
时间流动的声响如闪电犀利
随时可能劈碎东晋的好脾气
它牵一发动全身的雷厉气势
随时都可能树立更多的敌意
让那些无牵无挂的多情汉字
悻悻然接受属于线条的伏笔
去书写许多更接地气的希冀

一触即散的民间立场
无辜退出历史的课堂
就像一个散开的画框
难以装裱散逸的书香
王羲之被时势狠狠划了一刀
历史旋即弥合他黑色的伤口
顺流而下的民族命运很操劳
像一把古琴失散多年的音符
再一次为王羲之的脑门走调
没有人能看透册页的秃顶上
究竟有没有平添隐形的烦恼

许多人看见远古惠风和畅
真切感受着迢遥曲水流觞
方块汉字一步也不曾走失
书圣却已经历尽无限沧桑
许多挺身而出的中国方块
重又以世人所熟悉的姿态
熟门熟路重拾昔年的风采

5

手持狼毫

抄经换鹅

博采众长

成就自我

鹅群动态十足的想象

感怀池水赐予的恩泽

浮在聒噪之上的漂萍

迷恋浊水之下的清澈

抱养而来的一大串旱情

待在树荫下静静地纳凉

滑稽搞笑的人与鹅对话

很快就濡湿世道的荒唐

无私而流畅的书法线条

缠绕着汉字太多的忧伤

以至于慕名而来的人们

只要拾取其中任何一根

就能给倾斜已久的世象

挥泼出一笔力量的支撑

一次云遮雾绕的历史误撞

被错看成艺术失真的假象

笼罩在汉字前途上的迷障

频遭世俗冷眼的拒绝合唱

黑夜不断向上拔节的灵魂
放弃肉体深处燃烧的篝火
只为寻找汉字蕴含的精魄
大清早被洗劫殆尽的夜色
而今也在清凛凛的晨曦中
学会如何保持长久的静默
谁也不会贸然认同或揣摩
一个永字的八种潇洒笔画
竟让书圣不惜一生去求索

玉树临风

万类青葱

飘若浮云

矫若惊龙

王羲之至为清贫的咳嗽声
咯出印玺模样的一枚猩红
它如此晃晃悠悠一不小心
就落款在东晋幽深的天空
如同一只天下无双的瞳孔
祭奠墨色丰润的朝廷孤冢

茅檐之下骨骼清奇的洁白线条

是王羲之生命最为真实的呈现
笔情墨趣里的东晋这回有幸了
正是眼前这顶伟大庄重的冠冕
替它的干瘪注入了丰腴的内涵
这块掷地有声的汉字张口一吐
满地都是玄鸟拍打翅膀的悬念
每一念捡起来都是文明的窑变

第十六章　在薄情寡义的册页上优雅地活着

1

精卫衔微木
将以填沧海
高树何其大
一梦入盆栽
刑天舞干戚
猛志固常在
日夕磨妙句
淡菊砺情怀

南山出岫的一朵散淡白云
它根本就没打算迈开脚步
去追赶陶渊明的一抹悠闲
它怀揣着飘逸的生命感悟

一路上依山恋水踽踽前行
只为趋附旷达任真的法度

大地上宁静致远的临界值
源于黑暗中发光的潜意识
它具备看透红尘的正能量
随时可以将帝国偏安病历
婉拒于十六国闹腾的缝隙

东篱摇曳的菊影
摈弃世道的乱象
在草庐丑石之上
烙刻专业的图章
一件去除了所有欲念的农具
照见了吊唁光阴的陈年腰伤
触电般痛彻精神的折叠能量
劳动以外的检索是一次回望
比实际意义的农闲提早返乡

文艺领域里了无牵挂的前方
陈列着令人鼓舞的一块镜像
里面庋藏着属于文明的风尚
历史唱着十六国紊乱的挽歌

执意为既死方生的文艺生命
锄去时间强植于心灵的蛮荒

一扇誓死也不与俗世合作的柴扉
为主人早出晚归的身影守口如瓶
它那疏可走马密不透风的牙缝里
固守着主人旷世寂寞难得的安宁
人世间所有蓬头垢面的艰难困苦
都别指望挤出它视线冷傲的淡定
事实上在人类文明面前保持冷静
必须摒弃眼前被时光纠缠的把柄

2

透过朝廷苍白的小心眼
拽一把浮浅阳光于手上
就能闻到金菊花的芬芳
而闭上晴耕雨读的眼眶
撇开风雨声遗落的苍凉
就听见犬吠蛙鸣的余响
有着世外的别一般酣畅

结庐在人境而无车马喧是高境界

问君何能尔心远地自偏乃旧情结
桃花源不愧为明白晓畅的乌托邦
在满目芳菲的汉字百花园里扑蝶
名不虚传的好文章充满高雅礼乐
陶令手中紧握一把锄草的老耙耜
在阳光下挥动接地气的轻快歌阕
东晋朝一杆名重天下的疏朗手笔
写出不为五斗米折腰的章回气节
馨香的文牍是对世事审慎的批阅

文字的圈套张开一个魔爪
死死抓牢世象内外的痛楚
一杆沧桑板结的雄性狼毫
挥洒不完四壁空空的孤独
铁器夹杂琴声混合的鸣响
让人觉察到了静穆的虚无
只有静夜不设找赎的虫鸣
听得出藏匿于其中的悲哭

方宅十余亩
是人生奠基
草屋八九间
是世上奢侈

榆柳荫后檐
是意境写实
桃李罗堂前
是感官逆袭
小日子过得自在而有些困苦
感叹世事有时真的很不容易
鲜少有人真正读懂人生要义
那是纷繁尘世在所难免之事
一茬茬浪漫蚀骨的闲散光阴
经受住了小朝廷的利诱排挤
像徘徊于山野荒畴的田园诗
翩飞着自由乐观的自由翼翅
陶渊明以其清高孤傲的手势
将田地里的荒秽一次性拒止
南山高耸的气场如淡雅风骨
将诗人超乎象外的气质加持
陶渊明手持与世无争的顽石
下尽力气掷入苍茫的太湖里
泛起一圈圈清逸娴雅的涟漪
将公平和不公平的世事荡涤
湖心里悠悠晃荡的心灵辑录
分明是东晋心跳房颤的誓词

一位头巾漉酒的诗人
搁浅在历史的眼睑里
他那闪着银光的名句
在明月之下伸出食指
为世人点拨出尘启示
脱胎换骨的避世句式
分明就是黑暗世道上
打着双闪的良心记忆
为风花雪月再次沉沦
铭刻诗人另类的传奇
时序翩然轮回多年以后
东晋朝就被大面积烧伤
胆小怕事没担当的皇帝
注定是一代不如一代强
文人墨客们的脆薄命运
像一张薄饼被蚂蚁争抢
全天下堂堂正正的汉字
经不起薄情寡义的颠荡
自然就会遭遇各种荒唐
历史的写法有太多讲究
独自活在乱世里的诗行
是其中最最清高的遗孀

3

顾恺之就此默然转过身去
他怀揣着眼前的绝世风景
用旷世的才名画名与痴名
点染会稽山水的美好风情
春风中满眼碧绿的插页上
历史以其千金难买的锋颖
开始对着失忆的江山示警
一切逃遁都属于无效号令
散淡的意识渐次进入窘境
人世间无处逃遁的大画家
捧出自己贯通古今的才情
将物欲财货强行遣散退订
一生只以惊世的三绝之作
默认属于自己的七尺微命

点睛确是一件庄重琐碎的难事
洛神眼眸深处溢出的两列泪行
透过无情岁月陡峭敏感的贝齿
竟然濡湿了顾恺之一生的渴望
平生所谓超然境界的妙画通灵

其实果真就如大画家入世登堂
满幅都是似神似仙的人像佛像
遥想当年宿醉之后醒来的曹植
穿越三国的迷雾东晋的破草房
与时光隧道中洛神的迷人背光
就这样永续着一段苦恋的迷航
一幅老成持重的《洛神赋图》
随手推开时间凝重艰涩的倒嗓
声带锈蚀之后散佚的文艺重量
即刻倒带压碎泛黄的时间走廊

远山如黛
曙色熹微
史识苍白
终成土灰
一幅小心翼翼的《女史箴图》
将典丽秀润的色彩还给情怀
将细劲连绵的笔法还给时代
决意打开死不瞑目的枯井盖
舀取一勺人格化的贤良淑德
为贾南风随妖风远逝的病态
浇灭疯狂躁动的功利性怪胎

在反讽背景下预测阴晴
需要具备隐喻的真本事
顾恺之手中的那杆画笔
在佯疯的墨迹背后啜泣
笔底硬朗的鲁珀特泪滴
圆寂成秋天晴明的心脏
为艺术永不老去的传唱
涅槃出一颗异质的太阳
随时将东晋王朝的龙床
砸出一处圆滚滚的忧伤

第十七章　为时间开衩的病历锚定绝版疗效

1

散落在镜像中的一枚枯叶
串成送葬帝国病亡的纸钱
它们衰败骨折的生命曲线
空对日渐破败的偏安山川

弱不禁风的晋安帝晋恭帝
就像一个可有可无的虚词
他们身旁老谋深算的刘裕
才是权倾朝野的凶狠荫翳
所有的虚词实词动词副词
结成一个虚功实做的联盟
愣是将狭窄退路牢牢堵死

十六国就像有爹没娘的捣蛋杂种
他们不约而同将各自的野心展示
他们惯以青春期长着痘痘的冲动
逼迫公元405年甩出慷慨的手笔
将扬州荆州徐州等十六州的军事
一并打包慷慨交给一个封疆大吏
期望刘裕能够良心发现挺身而出
为即将崩坍溃坝的半壁江山社稷
最终觅得一块聊以保命的自留地

上蹿下跳的后秦与南燕
就像两只跳蚤先后出现
上演十六国快闪的雀斑
刘裕随便伸出两根指头
就将它们揍成了丧家犬

骨感的小王朝瞬间化成了齑粉
没有人在意它们的身后与生前
究竟有着怎样令人不堪的顾念
后秦三帝南燕二帝属于羊杂碎
根本排不上号摆不上历史台面
前秦天王苻坚遭遇的淝水兵败
是一次不折不扣的历史大逃亡

被古羌族军阀姚苌拿下并格杀
乃是叛秦必死的一个夺命真相

2

卢循所纠集的不自量力的所谓广州起义
其实只不过是一场没有主题的化装舞会
根本就没有太多有价值的记录值得归档
刘裕甚至带上年仅四岁的儿子闲散客串
就将这场居心叵测的化装舞会瞬间搅黄
让后来人不胜感叹于他高超的明偷暗抢
确实是一个历史含金量极高的安邦真章

晋安帝是一个不折不扣的大白痴
说话结巴办事拖沓做人磨磨叽叽
凡事瞻前顾后没有半点帝王之气
穿上龙袍就是狗拿耗子多管闲事
加之叛军四起青头蝇般形影不离
刘裕捕捉到这些显而易见的信息
遂喜滋滋恶向胆边生火从心头起
干脆派王韶之入宫将晋安帝勒死

晋恭帝司马德文天生一副败亡之相

因那句昌明之后有两帝的谶语登基
成为被嘲讽无须打草稿的搞笑弃子
与世族共治的格局注定他卑微无地
在权臣手里蹦来跳去的滋味不好受
与狼共舞过的是提心吊胆的苦日子

刘裕多次北伐建功无数当然不好惹
其崇高的武力与威望自然无人可比
司马氏家族风水不好傻子皇帝太多
这款式怎么看都带点儿恶搞的天意

刘裕深知皇室没啥分量也不足为忌
于是大笔一挥存心让谶语变成真迹
刘裕先让司马德文坐上第二个皇位
让他做个百无一用的乖张傀儡皇帝
然后用绳子牵着他狗脖子随便呵斥
替南朝刘宋江山预设一个荒唐影子
顺便为自己的硬朗身份提炼奠基石

3

刘裕一手遮天总揽着东晋军政大权
拥有无穷膂力无尽欲望和丰富履历

他灭桓楚西蜀降南燕后秦统一南方
每次出大招都令对手感到心有余悸
他平定孙安起义绞杀各方割据势力
每一刀下去都是功勋卓著的代名词

着力栽植为我所用的狗腿子
是刘裕结党营私的惯用伎俩
铲除一个个顶心顶肺的敌党
是刘裕豢养野心的常见处方
政治家改革局军事家的名堂
是时间赋予刘裕的巨大奖赏

公元420年作弊的黑手
草拟了一份禅位的假诏
刘寄奴搭乘套牌的銮仪
直接冒领了皇帝的年号
顺利登上南朝刘宋大宝
那情形像极了低级恶搞
给正常历史留了个脓包
随便一挑就是恶心翻炒
徒留一片荒诞予人耻笑

当那个蓄谋已久的大阴谋

将宋武帝明目张胆的威权
勾兑一壶无比歹毒的鸩酒
灌入东晋王朝积弱的喉管
偏安帝国的百余圈小年轮
被无情送入冰凉的阎罗殿
让后世生发几声悲催喟叹

第十八章　北风吹散国祚后迎来民族大融合

1

躲在历史烽烟背后喝茶论道的史家
为东晋捏一把虚汗的动作纯属多余
年号背后温馨的文字显得绵软无力
它们疏浚不了东晋王朝纷争的壅淤
只能让顿足捶胸不胜仓皇的后来人
低下头来接受王朝寿终正寝的唏嘘

五胡十六国表面看都不是什么好鸟
丛林法则唯一一次在中华大地越狱
注定了他们兔子尾巴长不了的结局
北方每一次好不容易捏合成为一体
可一有风吹草动又四分五裂的规律
正无可辩驳地印证了这么一个道理

这段长达一百三十五年的世纪乱局
注定了北方诸国的每一次权力交接
都可能是父子相害兄弟相残的悲剧
只要政权掌控力稍微有一点点下降
随之而来的就是骤雨般的政权变更

本性凶残只是其中一个特征
迷恋权利才是十六国的悬藤
一时半会儿怕很难遏制摆平
涉及皇权王位的传承问题时
奢谈任何忠诚责任天下苍生
都是不合时宜的间歇性捣腾
根本不能将造反有理的深井
进行任何一次性填埋的权衡

像这样没日没夜的各种头疼
都是胡人价值冲突的老毛病
不是随便立一条设限的规矩
就能够实现统一意志的流程
深度汉化是一顶最好的帽子
戴在胡人头上是最好的反讽
跟东晋朝翻脸那是寻常之事
想统一天下那是胡人的憧憬

反观中原偏安的东晋朝
即便已经烂得不成样子
即便皇帝老儿是个傻子
其治下奄奄一息的皇权
也还在维护着一统政体
合久必分是偶然的常态
分久必合是必然的常识
安顿流民是必备的意志
选贤任能是应有的主旨

2

一段负重前行的狗血历史
就是一块永不言累的汉字
上面扶正祛邪的沧桑履迹
记录着东晋朝卑微的根基
司马氏政权由强而弱的蛊
破解不了历史塌陷的深谜
时间之水流到五胡面前时
就已经完全丧失自持能力

十六国当然也不是软柿子

轻易不能捏破它们的肚皮
伤势严重的东晋行走吃力
却又总是被成就它的人们
肢解得血肉模糊没了脾气
进而又被此起彼伏的霹雳
轰得完全丧失了原有理性
没了礼义廉耻的本能记忆

酒是插在王朝心口的一把软刀子
存心造反的阴谋容易发生在酒后
本质上很难说酒究竟是好还是坏
心情好时可以海量洋量喝个通透
心情不好时可以顺便借它浇浇愁
喝一口，皇帝老儿已经醉了
饮一壶，朝廷依旧奸臣当道
干一坛，宫里宫外为之变色
拼一缸，大好河山为之倾倒

色乃是揣在王朝裤裆里面的一对睾丸
谁伸手去捏都是毫无人性可言的原罪
东晋王朝脖颈的伤口中溢出的是口水
五胡十六国嘴角流出来的是欲望之泪
事实上真的很难厘清色究竟空或不空

只能看见后宫佳丽的眼里有泪花在飞
后宫佳丽迷人的柳眉睫毛
懒洋洋一如杨柳扶风低垂
虽经不起一点点雨打风吹
却又总是令天下男人迷醉
迷一夜神魂颠倒摇摇欲坠
迷一日朝纲乱套朝政尽毁
迷一月地裂天崩朝廷污秽
迷一年山河改道年轮化灰

3

冬日寒风中的森林浑身覆盖着雪花
白茫茫一片看不见任何事物的真身
所有的树木像银装素裹的孝子贤孙
萧然肃立于野外雪地吊唁一息自尊
眼眸中总有一些草芥般的平头白姓
被冻死于节令之外没有了任何体温
守孝的历史不得已打掉牙往肚里吞

从王敦之乱到门阀之争
无一不是闹哄哄的扰攘
从北伐中原到淝水之战

全他娘是夺皇位的荒唐
东晋过山车一般的造像
给人留下软绵绵的印象
历史不会给任何人口实
它只会给创造者予真相

从孙卢起义到桓玄之乱
无一不是乱悠悠的闷响
再到刘裕崛起东晋覆亡
全他爹是争权利的螳蜋
偏安王朝蹒跚走到最后
仅用了一百零三载时光
就将一条续命图强之路
跌跌撞撞走得百孔千疮
最终落得个心葬的下场

李雄刘渊万万没有想到
自己当年的一个小官宣
造成南北内乱的大变天
司马氏更是想想都难过
一窝子失蹄的驽马劣马
竟酿成分崩离析的时艰

一百零三年的伤感国祚
就这样被一阵北风吹散
中华民族血统的大融合
是其中值得骄傲的底盘
文化大融合确有点看头
南北共铸出大中华经典
技术大融合确有些堆头
汉胡续写华夏百族新篇
血脉契合是一种大造化
民族相融图一个大圆满

许多年以后有人看见历史再一次萌芽
簇新的阳光终于伸直了它的虎背熊腰
眼尖的人们恐怕轻易就可以瞅得清楚
那个被历史推倒重来的东晋偏安王朝
像极了一个衣衫褴褛不堪的戏子老媪
站在时间的创面上作状妖娆尽力闷骚
她们如此这般不知疲倦地胡乱与疏导
说白了其实就是想浑水摸鱼趁机出招
顺势将手握权杖的一份前朝蹩脚诏告
张贴在历史脐带断裂百年的残垣墙角
为另一份已然明显开衩破败的旧病历
锚定纯粹多此一举的一个绝版新疗效

附录

张况史诗表现的才华、激情与使命

杨光治

我国是诗之国，历代以来诗人众多，佳作琳琅。五四时期，胡适等先进分子揭起文学革命旗帜，率先用现代语言写诗，从此新、旧体诗并行，华夏诗园更为丰富多彩。尽管出于众所周知的原因，它曾一度陷入喑寂的局面，但随着改革开放号声的吹响，人们的思想感情获得解放，诗园迅即群芳竞放。艾青、曾卓、邵燕祥、牛汉、流沙河等老一辈诗人纷纷"归来"，以深刻的思想、激动的感情和凝练的手法给当代诗歌增添亮色；叶延滨、韩瀚、北岛、舒婷、傅天琳、林子等年轻高手，以清新的风貌和诚挚的情愫倾倒读者。诗园生机勃发，激发了众多青少年的创作热情，其中不少刚露头角即令人注目。只说广东的新诗领域，由广东省作协诗歌创作委员会编的《广东青年诗选》，就收入160多位作者的320首作品，可谓洋洋大观，但该书序言仍坦言"不无遗珠之憾"。从这一"斑",可窥"全豹"矣!

然而与此同时,打着种种旗号的"新潮"也涌进了诗园。其中不乏启迪思迪的良品,但也混杂着不少非诗的货色。

古语有云:"诗言志。""志"者"士"之"心"也。"心",用今天的话来说,就是思想感情。作者通过诗歌所言的"志"如果能与读者相通,才有可能产生共鸣。可是有些"新潮"之作写的却是鸡零狗碎或诡异谲怪甚至庸俗龌龊的东西,这岂能引起广大读者的阅读兴趣?诗是精粹的语言艺术,可是有的作品用语简直是神秘的符咒,有的却是淡而无味的口水,根本上与"艺术"沾不上边。"电话是周围的人/为我安装的又一个/生殖器"(《电话机》)、"夜起玄黑乌衣覆我盖我,命五趾之居盘坐粟上"(《大曰是》)等就是其例。这些"新潮"作者,抛弃了"言志"使命,不是写诗而是"玩诗",于是乎,读者只能恶而远之,导致产生"写诗的多于读诗的"的可悲事实。近几年,虽然这些不良现象已渐渐消退,诗歌也越来越多,但诗园却处于繁而不荣的状态。

中国新诗亟须振兴。张况主动承担了这一使命。

他另辟蹊径,从丰富而深厚的中国历史中寻觅题材,创作了《诗意三国》《唐朝》《清明节谒孔子故里》等一系列诗篇。值得关注的是,他的作品不是对历史的分行叙述,也不是对学者研究成果的重复与发挥,而是以今天的、"我"的眼光对历史进行审视,抒发对人、事、物的臧否,宣扬中华文化的精华,表达对民族、对人类命运的关切。这就是他所奉行的"新古典主义"的主旨。

诗既是精粹的语言艺术，作者就必须锤炼语言。这方面，张况有出色的表现。

请看他对名画《清明上河图》的描绘："官员和布衣，踩着各自的平仄，在同一时辰的同一个市集，步入同一阕宋词。"（《清明上河图写意》）生动而诗意盎然。

请看他对魏、蜀、吴三国斗争的概括，"魏、蜀、吴三国／不过是互为捕蝉的螳螂／司马氏父子／才是最后得利的黄雀／而黄雀也仅仅是翼德兄弟骂人时／从口里吐出的一只鸟而已"。（《诗意三国》），简练地揭示了激烈争斗的本质。

他对宋代名儒周敦颐的歌唱，更为醒目：

日子一天天瘦下去

风，将最初的梦想吹回故乡

一片浊水

玷污不了一朵莲花严肃的面孔

也淹不死它那飘逸千载的

淡淡奇香

（《周敦颐或北宋的一朵莲花》）

既囊括了周敦颐名作《爱莲说》的内涵，又将周的优雅高洁品格了无痕迹地融合于诗行中，还对当时的社会做了含蓄的批判。语言凝练、形象而富有音乐美。他能获得诗人叶延滨赞赏，绝非偶然。

从上述几例可以见到，张况既有深厚的古典底蕴，又有清醒的当代意识，而且有很强的语言功力。

张况历18年呕心沥血创作的长达100 000行的《中华史诗》，更是我国诗史上的创举。据他透露，这部史诗分21卷，上溯中国神话传说时期，下迄最后的一个王朝——清朝，将各个时期的社会进程、重大事件、重要人物、时代风貌和有关哲学、史学、科技、宗教等的文化景观、国际影响等予以全方位、多角度的展示。由此看来，《中华史诗》完全可以与《荷马诗史》比美。张况希望通过这部作品，"让读者在一排排飞溅的浪花里，能倾听到文化力量和史诗品质里炸响的万顷涛声"。也就是说，他希望读者能感受到中华历史的悠远、文化的灿烂和诗歌的感染力。《中华史诗》这部巨著是才华、激情和使命感的结晶，同时也从客观上塑造了张况的自我形象。

胸怀赤子之心的张况，已将诗歌视为主要事业，已将承传中华文化定为人生目标，实在可敬可佩！

■ 杨光治，著名诗评家，中国作家协会会员、花城出版社原副社长、岭南诗社原副社长。

《中华史诗》："相斫书"的诗意书写

——张况史诗浅谈

刘荒田

提起史诗，我们不得不肃然。这种以体积和深广度雄踞文学史的巨制，可是文学殿堂最高阶的文本。五四以还，各类文体，代有才人，高峰列列，偏在"史诗"这一条目下，作品寥寥，站得住脚的更是稀罕。在我的阅读范围，长诗偶有出彩者，如洛夫先生的《漂木》，便是够分量进入现代诗史的坚实之作。但史诗写作的挑战性，首先不在篇幅和题材，而在于能不能成为"以诗写成的史"

欲当合格的史诗作者，激情、才气和学养三方面缺一不可。治史，需要10年寒窗的沉潜和冷峻的理性。而故纸堆里爬梳，这琐屑、沉闷的日课和狂飙突进的诗人做派，是命定地相悖的。诗人张况，18年间出入于写作的冰火两重天，终于交出成绩单。我拟就《史诗三部曲》第一部《大秦帝国》做初步探讨，看他的苦心和匠心。

中国的史书，古人以"相斫书"名之。史家所关注的是王位的争夺、战争、杀人、权谋，而不是老百姓的死活，更难顾及"杨柳岸，晓风残月"。而况，所谓"历史是胜利者写的"，我们面对的浩瀚史册，有多少属于信史，实在是个大疑团。好在，张况的《中华史诗》并不是分行的历史教科书，诗人也没打算以意象来训诂、钩沉和考证，他要表现的是漫长历史的"诗意内核"。

我以为，张况在以下三方面的努力是难能可贵的。

以"情"补"史"的空疏

《史记》在《秦始皇本纪》篇末，引述西汉政论家贾谊的《过秦论》，称赞说："善哉乎贾生推言之也！"《过秦论》把秦朝灭亡的原因归结为"仁义不施，攻守之势异也"。但史诗不必追究兴亡的根由，着眼点在于人物命运的激烈撞击中所迸射的"人性"的火花。"食色性也"，情欲是人性的原始动力之一。

"看吧，美貌出墙红杏/她扭动着动人的腰肢/张胆与那好色的阴谋/野合出一段冒险的风流史""这个吕老板真的过分/他像吃了豹子胆似的/冒着巨大的生理风险/将传宗接代的大买卖/做到人家后宫来了"。往下，进一步就《史记》称为"淫不止"的太后和"大阴人嫪毐"的关系，淋漓尽致地描述权与欲的纠缠、床笫上的阴谋。从"想起这些无端加身的生死屈辱

/秦嬴政内心痉挛着报复的片段"到最后，情欲演化为血腥的权争，通过这样的逻辑演变为"无情与绝情"，"奸情覆盖着亲情/亲情怒视着奸情/无情接驳着绝情/绝情恨死了奸情/奸情吞下了绝情/无情掩埋了亲情"。从而达致如下结论，"历史清醒地告诉我们/骨肉兄弟和一奶同胞/在非理性的权术面前/甚至不如一个路人"。

荆轲刺秦王，是史上最为快意恩仇的篇章，诗人不胶着于惊心动魄的动作和言辞，另辟蹊径，致力于挖掘"杀手"的感情世界，使全诗洋溢以"仇恨"为引擎的张力："背负一只视死如归的简单行囊/肩扛樊将军血淋淋的一头义气/杀手穿过时间寒冷的悲壮泪槽/向人生最初的起点最后的终点/徒步烙出两行壮怀激烈的脚印/杀手毅然掐断人间所有的尘缘/顺着那条蓄谋已久的复仇小路/踏着一生再也难以复制的平仄/一步一个脚印/一步一个血印……"

以"象征"开拓"史"的纵深

我们向史诗所求取的，不是平面的单向的历史再现，若然，诗句充其量是从文言文翻译过来的白话文。而况，这样的二手货，论可读性肯定比不上刀光剑影的《三国演义》。好在，现代诗家完全可以从现代诗借来最具想象空间和表现力的手法——象征。在"象征"的语境，"史"成了工具，诗人以它来完成对无限丰富与深奥的人性的呈现。

以"万里血肉堆砌一条绝世遗嘱"为题目的第七章，是较典型的象征范本。"帝国自负的阳光/生长恐怖的獠牙/铁律皮鞭的厉响/惊醒硬朗的北方/偃塞空茫的无数血肉/遂以长城的方式再生/那重新挺立起来的脊梁/挑起大中华沉实的重量/那冠冕堂皇的绝世风景/蜿蜒起两排沉默的牙齿……"长城乃中国古老文明最重要的象征物，这首诗运用了比喻的"车轮战法"，形象而深刻地展开它的意蕴："一个民族最乏善可陈的精神索引/就只剩一摊血肉能与时间对峙了。""弯曲成时间最畸形的驼背/对一册迤逦的泱泱版图/作出它最突兀的交代……"

高妙的象征，不能没有比喻的支撑，以众多小譬为砖，砌出庞大的象征的"长城"。獠牙、牙齿，是长城上的雉堞；而"锯齿状的懒腰""沉重的对仗""驼背"，是经过诗意折射的远景。

如果说，长城是总体象征。那么长诗还遍布大大小小的微观象征。比如，"厚道敦实的方脸大篆/是连接新朝梦想的桥/它们实诚纳福的大耳/具有神祇的恢宏魅力""小篆和隶书神奇的线条/牵扯着人们简单的思想/在斜风细雨里艰难迈步/蹒跚前行的方块字历史/抱着去政治化的大手笔/企望能润滑干涩的传统……"

有了象征，历史就成为人性的展览馆，在终极意义上具有反思、忏悔和救赎的意义。

以现代思维激活"史"的生命力

一切历史都是现代史，这是治史者秉承的宗旨。从它出发，史诗须具有现代性。21世纪的诗人所写的史诗，应寄寓这个世纪独有的思维和行为特征。这一点，比起笔下的古人"像不像"，再现古代场景"地道不地道"这一类但凡题材涉古必被提及的话题，毋宁更具操作性。

在这方面，张况的尝试是勇敢且卓然有成的。遍观全诗，现代社会习见的词语比比皆是，合同制、烂尾、男优一号、岗前培训、色情消费、闺密、白皮书、经营权、智商、投机倒把、注册商标、嘿咻、精神密码、DNA、无缝对接、奥数方程、备忘录、筹码、单元测验、七国峰会、强买强卖、原创性、安全系数、上纲上线、联合公报、深V诱惑、一号首长、路线图……

诗人实行这样的写作策略，是经过深思熟虑的。至少有三方面的意义：一是把"史"纳入现代人的观照，以现代的视角审视历史；二是增加了现场感；三是增加了黑色幽默的色香味。

如果站得稍高一些，更能够发现，诗人以普通的现代文化人的身份，鸟瞰历史风云之际，对史册上庞然大物的藐视和调侃，且看荆轲在殿上刺秦的一幕：

"他拎着秦王虚汗淋淋的魂魄/绕着殿柱捉起了幼稚的迷藏/倘若时间再倒流那么几十年/肯定有不少人会错误地认为/这两人

是在玩小孩子过家家……"

　　总的说来，张况在史诗写作上的探索应予大力肯定，他在这一领域的贡献值得推重。

　　■　刘荒田，旅美著名作家，旧金山美国华文文艺界协会会长、《美华文学》执行主编。

通过证明历史来证明自己

——读张况《中华史诗》有感

洪 烛

这些年里，我多次听张况说他在创作《中华史诗》，觉得他想盖一座巴别塔。传说中的巴别塔体现了人类的雄心或野心，终因缺乏合作精神而破产。张况凭着匹夫之勇，花费18年青春，把《中华史诗》洋洋洒洒地写了10万多行，顺利竣工。我没想到他还真把这座文字之塔给落成了。先不管这座塔造型如何、重量与质量如何，从今天起，张况在我心目中就是托塔天王的模样，双手托起一部大题材、大结构的超级长诗。

力拔山兮气盖世，张况真是扛鼎之士。他哪来这么大的劲啊。我想首先来自他本人对中华文化的热爱乃至痴迷。他试图用诗的形式，为之做证，并淋漓尽致地表达自己的礼赞。其次，来自诗人骨子里的豪气：不仅想证明历史，也想通过证明历史来证明自己，证明自己是好样的。

张况，你确实是好样的，用18年时间做了一件事，一件别人没想过或没敢想的事情，一件别人即使敢想也绝对不敢做的事情。但我觉得人类进化过程中，总有些难做的事需要有人去做。需要孔子去做，明知其不可为而为之。需要堂吉诃德去做，以梦想大战风车。

张况创作《中华史诗》，在我眼中如同大战风车，这一行为本身就充满骑士般的诗意，简直像浪漫主义时代的壮举。更重要的是，在挑战极限的惊心动魄过程中，渴望驾驭历史的诗人居然没有落马，仍然稳扎稳打地端坐在马背上。

21世纪以来，短诗写作种种可能性的探索无所不用其极，最终遭遇"口水诗"的瓶颈。正在这青黄不接的尴尬时刻，长诗写作异军突起，为中国诗歌的继往开来赢得新的艺术增长点。在众多致力于"新长诗"建设的诗人中，张况是极其执着并且展示了充沛激情的一位。

21世纪的所谓"新长诗"（我姑且这么命名），是中国诗坛多元化格局结出的累累硕果，无论主流诗人还是先锋诗人，几乎各个诗歌流派都在这块其实并不算新的"新大陆"（只是新诗百年在此前一直未获得长诗方面的大成功）抢滩，其间达不之鲁滨孙式的特立独行者。21世纪的"新长诗"不仅数量多、篇幅长、体积大、主题重，尤其值得欣喜的是在风格上也是多样化的、个性化的，几乎每一部"新长诗"背后都伫立着一位非别人所能代替的诗人，而他们也力图以呕心沥血的大作品来作为自己的"身份证"。《中华史诗》，既是张况的代表作，也是他作为诗人的面孔。

在我心目中，能写得动长诗的都是诗歌大力士，21世纪以来，诗坛冒出了一批批的大力士。仔细观察便会发现：他们的武器并不雷同，各自操起的仍然是十八般兵刃中自己最拿手的一件，只不过兵器的规格与重量都加大了。枪还是那些枪，刀还是那些刀，只不过"轻武器"在定义上全变成"重武器"，称谓上也个人化乃至简易化了：张飞的丈八蛇矛、关羽的青龙偃月刀……兵器因为执兵器者而加重了，而有了各自的性格。长诗，也因为写长诗者而体现出千差万别的风格。

张况的《中华史诗》很明显带有他的体温和他的气息。长诗考验的并不是劳动量或体力，而是心智。长诗可以构成一个诗人淋漓尽致地展现综合素质或多侧面形象的旋转舞台，也可以造成使他面目全非的陷阱。在这舞台上，诗人不该只是一尊肉体的神，他要想方设法让自己的灵魂出席，并且展开漫长而又不显重复的舞姿——以证明自己的形象不是静止的，不是琥珀、不是塑像，而是永远活在这项时间的运动中的舞者。

以阅读张况的《中华史诗》为契机，我观察21世纪花样繁多的长诗创作，发现这些可归类为长诗的作品，已与我们过去所理解的长诗大不一样，其中有相当一部分属于大型组诗或主题诗集。只不过在总体篇幅上（包括行数），都属于鸿篇巨制。所以我以"新长诗"来代称这些在题材与结构上都有所创新的大型诗歌作品，因为它们毕竟与那些独立成篇的短诗存在着性质上的区别。它们甚至与旧有的长诗形式也有不同，是中国新诗在新时代探求的一种新出路，也实现了更多的可能性。21世纪的"新长诗"潮流，对中国新诗文体上的变异与拓展还是有贡献的。张况的《中华史诗》，属于严格意义上的长诗，难能可贵。

长诗在阵容上，光靠风花雪月可撑不起台面，或者说，仅仅有小情小我小风景，是远远不够的。还是需要一些黄钟大吕的。值得庆幸，21世纪既孕育了一系列优秀的小众化长诗，又不乏激越的大众化长诗。很多像张况这样以长诗抒写重大题材的诗人，不仅刷新了宏大叙事的艺术内涵，而且在诗歌圈之外传达着诗歌的声音与力量，他们既为21世纪的新长诗增大了容量，又使之达成美学与社会学意义上的双赢。21世纪的"新长诗"，本身就已构成兼容并蓄、有容乃大的诗歌星座。

正如李犁的评价："张况是一个具有豪迈气概和悲悯情怀的诗人。他用诗歌来穿越历史、串缀历史，是一种献身也是历险。这让《中华史诗》成为激情一路燃烧的长诗，同时它也成为一部柔化心灵诗化历史的史与诗。无疑，张况在提升着诗人的诗歌道德，他的写作不再是个人情感的宣泄，而是自觉地把自己融入人类生存的土地和更辽远的时空。但这绝不是一部诗歌写成的史料，而是诗人以这些史料做平台和符号，把他全部的人义理解和才智写在大地和史册上，这是一部沾满了他个人气质的英雄史诗，也是一个人的心灵史。"

汉族是没有史诗的民族，它同样也缺乏长诗的传统。中国诗歌的源头是《诗经》，属于一些佚名作者的口头说唱文学，篇幅上都很精短。说到底，抒情短诗开启了中国文学史的大门。与之相比，欧洲文学的奠基之作就是荷马史诗：《伊利亚特》和《奥德赛》。中国的新诗是个混血儿。以古典诗词为母亲，又以西方诗歌为父亲，属于世纪之交"野合"所生。如今已经一百岁了，仍然是个儿童，是个童男子，尚未发育完全、成家立业。缺乏优秀的长诗也就不足为怪了。虽然几代诗人都曾为之做出努力。当代文学，似乎也出过几部马雅可夫斯基那类的政治抒情长诗（或曰"主旋律"长诗），但在艺术上无法称作真正的长诗。新时期以来，写《诺日朗》的杨炼等也曾呼唤史诗或文化诗，到了海子那里，更是企图以长诗扩张野心，要么是好大喜功，要么是故弄玄虚，总之都无功而返或半途夭折。看来光靠野心成不了什么事的。类似的例子还有许多。

汉民族缺乏长诗传统，可一个民族没有优秀的长诗，就像一个国家的海军没有航空母舰，很难称作现代化的海军。我这么说，是否把长诗看得太重要了？还是对这个时代的诗人提出过高的要求？诗人，不应该只满足于小米加步枪的。尤其在口水诗泛滥成灾的日子里，诗被看成了最无难度的写作，诗人被当作唾沫制造者或段子发明者，提倡长诗有其积极意义。

张况短诗原本就写得好，他是在此基础上写长诗的。诗歌原本就不以长短来见短长的。但一位诗人如果能写出长诗，无疑是好事情，证明他不仅有爆发力还有耐力，不仅会百米冲刺还能跑马拉松，是称职的长跑运动员。长跑，属于比较专业的训练了，业余选手很难胜出。同样，短诗属于轻武器，百步穿杨固然是本事，但射程更远的是重武器，譬如火炮。优秀的长诗，应该有精确制导炸弹那样的航程和命中率，甚至可以有像核武器那样的威慑力。一个时代的诗人都把目光投向长诗，就像准备进行军备竞赛，谁不希望自己的武库中能有一枚原子弹？

所有人关注的都是长诗之长（篇幅上的），常常忽略了另一个要素：重。它应该是重磅炸弹，是万吨货轮。它无法承受的是轻而不是重。构思一部长诗，你必须找到压舱之物：题材上的、思想上的，或情感上的。光玩形式、玩技巧可不行，你不得不考虑到内容的问题。张况在《中华史诗》里写的秦始皇，颇能代表其创作风格，从古人身上挖掘出新意，"大秦这位手握乾坤的开国皇帝／就像一个被宠坏了的问题少年／他嗜血的思想情绪／魔方一般变化莫测／左手轻轻一翻／万里云开雾散／右手轻轻一覆／千年大雨倾盆"，"手持核心价值观的始皇帝／就像一个膂力过人的疯汉／他左脚一伸／踏碎了规矩／他右脚一扫／踢烂了方圆／他头顶霸气纵横的怒发／常常被梳理得剑拔弩张／而他脚下缜密的秩序／却又常常乱得像一团麻"。短诗是轻量级的竞赛，花拳绣腿也容易蒙混过关；长诗是重量级的，是硬功夫，硬碰硬的。它越来越严峻地考验着一个人各方面的积累：你是否有实力发动一场立体化的战争？

以激情写长诗，内心必须积累了巨大的能量。诗人陆健也肯定了张况的激情式写作："张况的《中华史诗》关乎时间和空间的巨大存在，应该实实在在充盈着对历史、人物、事件的洞察、洞见。大至人类、族群的整体生存状态、走向，文化传统的断裂、衔接，小至历史人物的生活细节、内心活动，既要宏观观照，又要烛幽知微。可以说，《中华史诗》是一股激情的巨流，浪花飞溅，同时它别无选择、责无旁贷地要绵延不断地展开庞大壮观的'思'之网络。"

　　张况的《中华史诗》10万多行。举目当代诗坛，篇幅上能与之相当者，寥寥无几。长诗之长，本身就构成客观上的难度。这还只是形式上的，更大的难度一定来自内容，"写什么"将和"怎么写"同样重要。平地起高楼，可比挖一孔窑洞难多了，需要足够的建筑材料和结构能力。长诗《中华史诗》，也在考验着它的作者的知识储备、情感储备、智力储备，运用技巧的能力，以及耐心、耐力。它是一座随时都可能倒塌的巴比塔。哥们儿，你能把它托住吗？

　　■　洪烛，著名诗人、散文家，中国作家协会会员、中国文联出版社诗歌分社原总监。

《中华史诗》与张况的胆识才学

陆　健

说胆。去年在中山举行的一个诗会上，我刚听到张况在写《中华史诗》，就不禁大吃一惊。马上想到一句网上流行话语："见过胆大的，没见过这么胆大的！"不能说这种在一个巨大的题材领域里上下通吃的做法不能碰，我估计当初司马迁写《史记》的时候肯定也有人为他捏着一把汗。

我记得当时正在研讨张况《中华史诗》的创意，就转脸去和身边的江西诗人程维说，换了我，我能做的就是拼尽全力用诗来写一部断代史，比如诗歌的极盛时期也是中国人的天性比较开张的唐朝，或者众声喧哗、众鸟齐鸣的春秋时代。即便写得不那么精彩，也是"虽败犹荣"。我还说，张况真是个做事情的人，都写得飞沙走石、锣鼓喧天了，还捂着盖着，别人还以为他那"玉面郎君"一般的脸显得天昏地暗是因为忙别的工作忙的，原来他在做一场"中华大梦"！

我对张况如此认同的原因是就要这么干！这与我的写作习惯颇为相似。就像蒸馒头，没到火候不能揭锅，提前揭锅会"跑气"的，馒头就蒸不熟了。即使要听取和吸收朋友们的意见，也要把自己"榨干"了以后再听，并且要听"高手"的。这样做，一是尊重别人；二是方便别人以你的思维水平的顶点作为基础，提出的意见定会让自己受益。甚至别人提的"毁灭性的意见"，间或也会催生出一部你原先想不到的东西，使自己的写作发生重大转折或"向上一跃"的现象。

所以得知张况的这次写作行为，我是相当高兴的。张况有胆！而没胆的诗人还写什么诗？

说识。写诗重感觉，此话不错。拈花微笑或对月流珠，是感觉。大智慧和小情趣常常不留"识"的痕迹，二者之间却可以经天纬地——这便与"识"不无干系。

张况的10万行《中华史诗》关乎时间和空间的巨大存在，实实在在地充盈着对历史、人物、事件的洞察、洞见。大至人类、族群的整体生存状态、走向，文化传统的断裂、衔接，小至历史人物的生活细节，内心活动，既要宏观观照，又要烛幽知微。可以说，《中华史诗》是一股激情的巨流，浪花飞溅，同时它别无选择、责无旁贷地要绵延不断地展开庞大壮观的"思"之网络，如"手持核心价值观的始皇帝/就像一个膂力过人的疯汉/他左脚一伸/踏碎了规矩/他右脚一扫/踢烂了方圆/他头顶霸气纵横的怒发/常常被梳理得剑拔弩张/而他脚下缜密的秩序/却又常常乱得像一团麻"。一位既清醒又任性的男人形象，他知道自己要做的是什么（历史使命？政治抱负？），他生命深处的"力比多"却燃烧着破坏力巨大的欲望。在此，张况既要"移情"斯人，"替代性"地感受嬴政的内在世界，又要将之置入历史的长河"客观把握"，对他的价值观、行为方式、历史作用、周遭形势及性格特征等做出判断，并通过感性十足的语言把这"判断"诗性地表达出来，且在动笔之初要对自己的写作能力、精力甚至体力先行判断。书写《中华史诗》这近乎堂吉诃德般的疯狂创作行为，非有足够的勇气不可，非"胆大包天"者不可为之。

说才。都说《史记》乃"无韵之《离骚》，史家之绝唱"，押韵堪比《离骚》，这样的评语不离谱，但"绝唱"之誉恐怕是冒风险的，说任何过头话都冒风险。

张况的《中华史诗》于今"横空出世"，洋洋十万行，读者必要对它细细打量。起码就个人才情的要求，读者会期待《中华史诗》的作者不输前辈。"才情"，简言之，有"大风起兮云飞扬""明月出天山，苍茫云海间""疑是银河落九天"之才，有"杨柳岸晓风残月""小桥流水人家""替人垂泪到天明"的婉约之才。而《中华史诗》的撰写需要一种"综合"或曰"集成"式的才情。

古人云，写一等好诗，需一等胸襟、一等抱负，当然缺不得一等才情。我个人认为，前贤中若有尝试《中华史诗》者，最合适的人选莫过苏轼东坡。《中华史诗》的写作难度还有两点：诗歌的抒情性和史诗的叙事性之间的矛盾。史诗无"史"乃欺世，史由特定空间、时间、事件、人物构成。事件要生动，人物要鲜活。张况的做法是把事件的具体环境、背景（时空）相对虚化，不能不写环境时使之简约化，使之成为人物的"气场"，被人物

"带着走"，从人物身上"折射"出来。把人物从人物关系中"孤立"或曰"提取"出来，将人物"写意化"。于是被提取、被"蒸馏"的人物凸显或弥漫在主观色彩浓郁的语言之光中，如《中华史诗·东晋卷》中的"顾恺之转过身去/怀揣着绝世风景/用才名画名痴名/点染出会稽灵秀的山水/春天满眼碧绿的插页上/历史以千金难买的真实/捧出他贯通古今的才华"。

说学。《中华史诗》显示，张况饱读史书，不言自明，甘苦寸心知。不至于韦编三绝，不同版本的《中国通史》三遍五遍的阅读是少不了的。依我之见，先要一句一字细读；再要一目十行地读，所以一目十行并非心不在焉，是为一边读一边激荡地思考；更要抓住机枢——要点，扎进去读，把典籍中当年的那块土地翻开来，直读到万卷成为千卷，千卷成为一卷，读出一段段历史的"关键词"，再用诗性话语使之带着光焰跳跃而出。我们仅仅粗看一下几个章节的题目，如第一部第一卷题目《旧石器时代：让沉默的石头开口说话》，第三部第二卷题目《西汉：龙行虎步的帝国荣光》，第三部第九卷题目《唐：雍容自负的历史盛宴》，便可窥其一二。我想，在某种程度上，《中华史诗》就是被张况这样"读"出来的。

具有如此规模和艺术水准的前所未有的《中华史诗》以诗人张况18年的青春时光为代价，以他40余年的知识、经验积累为依托，终于要诞生了。这是中国诗歌、中国文化的一件大事。它不仅代表一种诗歌成就，同时也是一项宏伟的文化工程。我想，除了阅读、欣赏，它还引发我们的很多思考。比如，历史在不同的时代"被改写"的问题。历史和时代的关系问题，比如，在适当的条件下，诗歌是可以当作一个"项目"、一个"工程"来做的问题；比如，一个民族（国家）的历史、文化在其他民族（国家）"被认知度"的问题。

前年我在美国南加州大学与一些学者、学生有过接触，很诧异他们中多数人对中国历史的几近一无所知。也许人们对并非休戚相关的事情无法投入很多热情与时间；也许本民族的典籍已经浩繁，历史又有些枯燥，闲暇不如听听歌剧、读读小说诗歌。于今想来，用诗歌来写历史，也许是传播中国文化的途径之一种，中文版，不同语种的版本，甚或《中华史诗》的断代史版本——简约版。总之我希望更多的人群来读《中华史诗》，不仅是读张况的胆识才学，也从中读到我们自己。

■ 陆健，著名诗人。中国作家协会会员，中国诗歌学会理事，中国传媒大学教授、硕士生导师。

史诗·诗史，诗歌·诗学

——张况《中华史诗》阅读札记

姚朝文

认真拜读完张况这部《中华史诗》（秦卷）大作后，做了较为详细的读书札记。在向大家汇报之前，需要了解作者知道而评论者不知道的技术性层面的三个相关问题：

第一、作者是否读了《二十五史》原著？读的是什么版本？是文渊阁刻印本还是文津阁的？是单卷繁体字断句注释本，还是当今书市流行的白话译本的各朝代史？

第二、本诗歌长卷的作者是否阅读过孙皓晖的五百万余字长篇历史小说《大秦帝国》？

第三、作者自认为《中华史诗》中的《秦卷》《汉卷》《隋卷》孰优孰劣？

兹对张况《中华史诗》皇皇大作尝试做出几点定性评价：

一是开创一人写尽《二十五史》（目前是秦、汉、隋三朝）

的诗歌题材先河。

二是开创了汉族文人单篇诗歌长度的新纪录：单部汉语诗歌作品长达6万至8万行。

三是继承并发展了西晋大诗人左思开创的《咏史》诗八首的传统，在体制规模上创造了一个新的纪录。

四是采用类似汉赋的铺陈手法，铺陈历史、叙议交融，知识丰富、纵论古今。

五是毛泽东评价宋诗"理胜其辞，味同嚼蜡"，不及唐诗有兴味。叶圣陶长子叶至善也曾经在20世纪80年代的《中国语文》杂志发表诗论指出："唐诗以意境胜，宋词以言情见长。"

六是当今福建诗歌健将哈雷认为，人类在史诗时代结束后，诗歌长期以来一直以抒情取代叙事为主导方式。朦胧诗类似宋代的黄庭坚"以议论为诗"、辛稼轩"以议论为词"。第三代诗歌之后，尤其进入了21世纪后，诗歌新的发展方向是叙述。福建师范大学的诗歌研究博导王珂教授则认为，这种概括既不准确也不可能是方向。

诗歌"以议论为诗"究竟能走多远、多深、多高？在我国诗歌发展史上，宋代的"江西诗派"已经接近其看家本领，证明了这条道路的逼仄。当今有许多诗人在新诗体里勇敢探索，成效也是有目共睹的。诗歌与散文、小说、历史相比，其优势不在议论与叙述而在抒情。诗人们需要考虑的是，在直接抒情之外的间接抒情方式中，有六大类别的间接抒情道路，其中的每一大类之下，又可以采用110多种积极修辞格，表现出情态万千的心境和事象，根本不用担心是否雷同、撞车。事实上，具体到每一位诗歌创作者，你们是否将这660多种具体的间接抒情手段逐一试验到得心应手？甚至是否知道汉语诗歌世界里竟然还有这么多种公开或秘密的表现武器？现代汉语诗歌的表现空间是否已经让我们这一代挥霍殆尽，而没有给后代继承者们留下再创造的空间？

亚里士多德在《诗学》第九章里精辟地指出："诗人的职责不在于描述已经发生的事，而在于描述可能发生的事，即按照可然律或必然律可能发生的事。历史家与诗人的差别不在于一个用散文，一个用韵文；希罗多德的著作可以改写为'韵文'，但仍然是一种历史，有没有韵律都是一样；两者的差别在于一个叙述已发生的事，一个描述可能发生的事。因此，写诗这种活动比写历史更富于哲学意味，更受到严肃的对待；因为诗所描述的事带有普遍性，历史则叙述个别的事。"（［古希腊］亚里士多德著《诗学》，罗念生译，人民文学出版社1963年版。另见伍蠡甫主编：《西方文论选》（上卷），上海译文出版社1979年版，第64-65页。）

恩格斯评价巴尔扎克《人间喜剧》超过同时代100位历史学家、经济学家的总和。这种观点明显地具有历史低于文学的倾向。与此相反的是，中国自古以来就认为历史是真实可靠的，文学史是向壁虚构的，所以历史的地位高于文学。文学在先秦时代的诸子百家中位列第十位，属于"街谈巷议"的末流"小道"。陈寿的《三国志》高于罗贯中的《三国志通俗演义》、冯梦龙等编撰的《东周列国志》，蔡东藩撰写的除上述两部之外各王朝直至《清史演义》都是在傍历史的大款。中央电视台近10年热播过《三国演义》《汉武大帝》《隋唐演义》《隋唐英雄》。20世纪80年代热播过香港60集电视连续剧《秦始皇》。创作该长诗是否受到上述电视剧的影响？

民国年间，蔡东藩撰写了除《三国志通俗演义》《东周列国志》之外的各朝代的通俗演义，水平无出罗贯中之右。相比较而言，《隋唐演义》《前汉演义》的水平高于其他各朝代。

研讨提纲

一、史诗？诗史？

在西方，史诗的地位远高于诗歌即文人独创的短篇抒情诗。中国只有少数民族有民族史诗，最著名的就是藏族史诗《格萨尔王传》，从20世纪80年代初开始整理至今已经出版150多卷，依然没有完成。另外有蒙古族的《江格尔传》、新疆的《玛纳斯传》。汉族文人独创的诗歌系统里一直没有类似少数民族部落的史诗、古希腊的《荷马史诗》、占印度的《罗摩衍那》《摩诃婆罗多》、古巴比伦王朝的《吉尔伽美什史诗》那种民族或部落英雄历险传说的史诗。

亚里士多德在《诗学》里又指出史诗的写法："荷马却只选择其中一部分，而把许多别的部分作为穿插，……点缀在诗中。"（［古希腊］亚里士多德著《诗学》，罗念生译，人民文学出版社1963年版。另见伍蠡甫主编：《西方文论选》（上卷），上海译文出版社1979年版，第76页。）

古希腊的希罗多德与司马迁在中国历史上的评价饶有意味。

在20世纪50年代以降，中国的主流文艺评论家们喜欢借用"史诗"这个特定文体的名称转喻那些规模比较宏大、结构比较庞杂、时代跨度比较大、作品人物众多的长篇小说为史诗。这显然是取史诗的比喻意了，因为真正的史诗正如马克思早已经指出的那样：在人类的童年时代古希腊时期，史诗十分发达，随着人类社会的发展，史诗绝迹了。

拜读了张况发表在《现代青年》杂志增刊《秦卷》后附录的各位评论家的评论文字后，我在努力思考，张况这部长诗该命名为诗史（用诗歌的形式写就的历史或对历史的咏怀）更准确呢，还是命名为史诗才恰当？至少到现在为止，命名"史诗"的都是上文指出的那两种意义项。

二、叙事诗、抒情诗或哲理诗？

张况的《中华史诗》秦卷第三章的开头："群鸦黑压压的翅膀/遮蔽了天空的脾气/直率而敏锐的阳光/拉开了祸福的距离……"这是富有历史积淀的诗句。接下来第二个段落："那形同虚设的边界维持会/还在埋怨过多的秦国元素/秦王嬴政脱缰的宽泛霸气/就尾随他日渐式微的信誉/成长为单方面的强制措施"，这是散文式的议论。

张况这部长诗没有停留在对历史事实的描述层面，而是借历史阐发出深刻的人生思考，并且能够联系当今现实，古为今用、双关讽喻。例如，"酒足饭饱的始皇嬴政/业余喜欢带上大小随从/以公费旅游的考察方式/到新张帝国的各地巡游/他极为铺张的烧钱行为/迷失了乱花公款的持守/阳光下兑水的官方数据/被娱乐化的结晶封死/泰山邹峄山和梁父山上/留下了他们时尚的脚印/泾水渭水黄河和洛水中/漂浮着他们虚胖的足音/到这样的风景名胜踏青/权当是下午茶后的散步//面对这满目大好河山/始皇帝抑制不住激动/他喜欢到处题字勒石/好将霸业统一的威名/嵌进世人挑剔的眼帘……"

三、自由诗的发展限度

艾青是中国现代自由诗的主要代表之一。他早年到法国学绘画，回国后却一生致力于现代自由诗的创作实践之余，也出版了《诗论》。他在生命的晚年，回顾自己一生的诗歌创作和现代中国从西方引进现代汉语诗歌的历史，有一段深刻的反省。他指出，西方诗歌几乎都是讲韵律、节奏，也押韵的，只是它们的韵律、节奏和中国的韵律、节奏差别甚大，有的押头韵而不是我们汉族要求的尾韵，它们也讲节奏，但西方语言的表音文字系统和汉语的表意文字系统之间的差异巨大，不仅很难采用汉语文言文翻译为唐诗那么严格的格律，即便是"以西语为父，汉族口语为母"而建立起来的"白话文"即现代汉语普通话，也依然差距甚大。所以，王维克先生在20世纪翻译"文艺复兴的第一位诗人"但丁的《神曲》时就采用现代汉语散文来翻译，以便尽可能保留原著的"信"。

自由诗领军人艾青先生以悔悟的口吻强调，自己长期误以为西方的现代诗歌，真的就像我国现当代翻译家们翻译过来的无韵诗那样不仅不讲对仗、押韵，甚至连节奏也不必考虑，采用断行的散文尽兴来写就可以了。他指出，西方的好诗，大多也是很讲究节奏、形式美，甚至是有韵的。他在1980年新版的《诗论》里加上了一句话，自由诗要"加上明显的节奏和大体相近的韵脚"。

诗人兼诗歌研究老专家吕进教授指出："新诗近百年的最大教训之一是在诗体上的单极发展，一部新诗发展史迄今主要是自由诗史。自由诗作为'破'的先锋，自有其历史合理性，近百年中也出了不少佳作，为新诗赢得了光荣。但是单极发展就不正常了，尤其是在具有几千年格律诗传统的中国。考察世界各国的诗歌，完全找不出诗体是单极发展的国家。自由诗是当今世界的一股潮流，但是，格律体在任何国家都是必备和主流的诗体，人们熟知的不少大诗人都是格律体的大师。比如人们曾经以为苏联诗人马雅可夫斯基写的是自由诗，这是误解。就连他的著名长诗《列宁》，长达12 111行，也是格律诗。诗坛的合理生态应该是自由体新诗和格律体新诗的两立式结构，双峰对峙、双美对照。"（吕进：《自由诗要守住中国诗之为中国诗的"常"》，《中国艺术报》2011-10-26）

当前活跃在海外的汉语诗人中，耄耋之年的洛夫不仅因为年龄，也因为他在诗歌探索领域的大胆、持久和影响力深远而备受尊敬。2012年12月初在福州举办的"首届海峡诗歌节"的论坛与沙龙上，他与我们一道反复探讨现代汉语新诗的发展限度问题，"诗止于语言"的问题，诗歌与绘画融合的问题，尤其是现代汉语诗歌对西方现代诗的模仿与民族本位问题。这位世纪老人结合自己切身的体会、久经沧桑的实践，以洗尽铅华的诚恳态度论定："我们跟着西方观念和形式走了大半个世纪，我的实际体会就是越走心里越虚，深深地感受到我们民族几千年的文化传统和我们生活着的这片热土，才是我们的根。现在，我才能深刻体会到德国大文豪歌德说的那句话的分量：越是民族便越是世界的。"洛夫可以说是当今中国海外诗歌界开一代诗风的大家，在中国大陆和海外有许许多多的洛夫体的模仿者。

四、听觉的诗还是视觉的诗？

就是上述那个"首届海峡两岸诗歌节"，台湾诗人、诗评家、画家们热衷于倡导诗画交融。所以，论坛的主持人福建师范大学的孙绍振教授这位当年著名的"朦胧诗三个崛起"的著名诗评家，将论坛主题确定为"秘响与旁通：诗与画的交融"。

在中国古代，诗歌从《诗经》开始，讲究的是诗歌、音乐、舞蹈的三位一体。直到大唐帝国的诗歌巅峰时代都是这种状态。宋代的苏轼、黄庭坚、辛弃疾开始，诗与音乐分道扬镳，"诗歌"越来越成为案头阅读、朗诵的"诗"，"诗歌"里的"歌"越来越让位于词、曲、小令、套曲、歌谣了。到了五四时期的新文学运动初期，胡适、刘半农、顾颉刚、钟敬文等就大力提倡"歌谣运动"。但是，新诗发展的主流越来越成为"读者个体"的"视觉欣赏"活动，而且基本上都是静默地读。朗诵诗虽然经过几代人断断续续的倡导，基本上还是不能构成主流样式。

西方诗歌的历史，也是音乐性占有的分量非常重的。斯宾塞被称为十四行诗的"桂冠诗人"亦即"诗人中的诗人"。当莎士比亚将斯氏节奏韵律为四四三三的抑扬格五音步无韵诗改造为四五五二的抑扬格五音步无韵诗后，我们依然可以看到诗歌格律形式的严整考究，绝对不是无限制、无形式格律、无节奏的随意书写。在西方的现代主义思潮崛起后，象征主义诗人波德莱尔、兰波等醉心于诗与音乐的结合。

由此可见，艾青晚年的觉悟、洛夫晚年的深思，对我们如何看待现代汉语诗歌究竟走"听觉道路"还是走"音乐道路"，富有深远的启迪意义。

五、在作者如愿以偿地摘得"中国汉语文人诗篇单篇公开发表最长纪录"之后，是否可以将这部皇皇大作为"初稿"，殚精竭虑地压缩出一个就像刘勰在《文心雕龙》这部中国文艺理论巨著里所推崇的"体大思精"的精华本，是否更高明且高效？

从文学阅读接受美学角度来思考的话，可以做一项摸底调查。调查内容有三项：

1.有多少读者在书店、网站等公开发行渠道购买到这部《中华史诗》？

2.手头有这部《中华史诗》的读者中间，有多少人从头到尾阅读过一遍？

3.读者诸君：你愿意买这部《中华史诗》还是更愿意买白话版、简版的《二十五史》或者各个王朝的断代单行本如《汉书》

《明史》《清史稿》来读？

这样的问卷调查可以得出客观的数据，帮助我们做出进一步的分析，而避免做出大众评价、网络酷评中越来越泛滥的价值立场先行的主观结论。

文学作品竞赛篇幅长度是中外文学史上常见的现象，而当代中国作家们则最热衷这种长度的竞争。这方面的代表人物是姚雪垠、欧阳山、刘震云。以单部长篇小说的字数为尺度来比较的话，姚雪垠创作的《李自成》共有5大部10多卷，计300万言。第一部于1962年以单卷本出版，第二部的三卷本，成为20世纪80年代初中国大陆影响最大的文学作品，一时洛阳纸贵。第三、四、五部都是多卷本发行。尤其是第三部，因为第二部获得了茅盾文学奖，盛誉、口碑、发行量俱佳，带动了第三部更巨大的印行数量。却因为年老体弱，不得不采用作者口述、武汉大学中文系学生根据录音整理的方式完成。为了避免《红楼梦》后40回的厄运，姚雪垠先完成第五部后，才回头完成第四部。但因为艺术质量下降很多，影响了声誉。

比姚雪垠在篇幅与全国性影响方面略逊一筹的是广东老作家欧阳山跨越半个多世纪时间完成的《一代风流》系列五大卷。《一代风流》包括《三家巷》《苦斗》《柳暗花明》《圣地》和《万年春》五卷，共200章、150万字。前两年我校一位退休教授出版了一部4卷本的长篇小说，篇幅有220万字。这可能是广东省单部文学作品最长的纪录。

北京名作家刘震云曾经将自己的若干中长篇小说连缀成一

部200万字的长篇小说，因整体结构的缺陷，作者自己也不愿再乐道。

西北大学一位法律系教授孙皓晖辞职后，从1993年起，历时16年创作出500万字的《大秦帝国》。《大秦帝国》洋洋500万言，6部11卷，将战国后期齐、楚、燕、秦、韩、赵、魏七国并立的历史苍劲地铺展开来，描绘了近200年的战国风云与帝国生灭。这是我国汉族文人独创作品长度之最，也许会是世界文人个体独立完成并公开出版的作品长度之最。

不知道本诗歌长卷的作者是否阅读过这部500万字的长篇历史小说《大秦帝国》？

郭沫若生前担任过新中国第一届政府政务院副总理，后来担任过全国人大常委会副委员长、中国社会科学院院长等，炙手可热，但身后备受贬斥。陈伯达在1966年以中央政治局常委兼中央文革领导小组组长的身份发动"文化大革命"，一时呼风唤雨、震撼九州。而他在西南联大的同学钱钟书却被下放"五七"干校接受劳动改造。但是，1969年垮台的陈伯达被关在秦城监狱20余年。临终出狱后写下遗言：当年，我发动"文革"呼风唤雨，钱钟书却发配到五七干校劳动改造。现在，钱钟书名垂青史，我却身败名裂！

当今文人有谁能官至常委第四号，位隆于陈伯达？陈寅恪、王亚南生前身后的历史地位与郭沫若、康生判若云泥！

上述对张况《中华史诗》的读书札记，边读边想边写，有的有针对性，有的恐怕是自由联想而扣题不紧了。先记录整理出这些，请作者和与会各位方家批评与反批评，以便认真修正误解、误读的地方，写出成熟的评论后，再去正式发表。

■ 姚朝文，教授、硕士生导师，世界华文微型小说研究会理事兼学术部主任委员。